Bianca

EN EL REINO DEL DESEO
Clare Connelly

 HARLEQUIN™

Editado por Harlequin Ibérica
Una división de HarperCollins Ibérica, S.A.
Núñez de Balboa, 56
28001 Madrid

© 2019 Clare Connelly
© 2020 Harlequin Ibérica, una división de HarperCollins Ibérica, S.A.
En el reino del deseo, n.º 2764 - 4.3.20
Título original: Shock Heir for the King
Publicada originalmente por Harlequin Enterprises, Ltd.

I.S.B.N.: 978-84-1328-784-3
Depósito legal: M-726-2020
Impreso en España por: BLACK PRINT
Fecha impresion para Argentina: 31.8.20
Distribuidor exclusivo para España: LOGISTA
Distribuidor para México: Distibuidora Intermex, S.A. de C.V.
Distribuidores para Argentina: Interior, DGP, S.A. Alvarado 2118.
Cap. Fed./Buenos Aires y Gran Buenos Aires, VACCARO HNOS.

Prólogo

MATTHIAS Vasilliás adoraba tres cosas en la vida: la luz del ocaso, el país que gobernaría en una semana y las mujeres, aunque a estas solo para relaciones breves y basadas exclusivamente en el sexo.

La brisa sacudió el visillo de gasa y él observó la tela flotar, cautivado por su belleza y fragilidad, por la fugacidad del instante. Por la mañana se marcharía y la olvidaría. Volaría a Tolmirós para afrontar su futuro.

Su viaje a Nueva York tenía otro objetivo, no había planeado conocer, ni mucho menos seducir, a una mujer virgen, cuando a cambio de un regalo tan precioso no podía ofrecer nada permanente.

Él prefería a mujeres expertas, que comprendían que un hombre como él no pudiera hacer promesas de ningún tipo. Algún día se casaría, pero la elección de esposa sería política, una reina a la altura del rey, capaz de gobernar el reino al lado de su esposo.

Pero, hasta entonces, Matthias disponía de aquella noche con Frankie.

Ella le recorrió la espalda con las uñas y Matthias dejó de pensar, adentrándose en ella, apoderándose de la dulzura que le ofrecía al tiempo que gritaba su nombre en la tibia noche neoyorquina.

—Matt.

Usó la versión abreviada de su nombre. Había sido una novedad conocer a una mujer que no sabía que era el heredero de un poderoso reino europeo a punto de ser coronado. «Matt» resultaba sencillo, fácil, y en pocas horas, dejaría de existir.

Porque gobernar Tolmirós significaba abandonar su amor por las mujeres, el sexo y todo lo que hasta entonces habían sido sus pasiones fuera de las exigencias de ser rey. En siete días, su vida cambiaría drásticamente.

En siete días sería rey. Estaría en Tolmirós, ante su pueblo. Pero, por el momento, estaba en aquella habitación, con una mujer que no sabía nada de él ni de sus obligaciones.

—Esto es perfecto —gimió ella, arqueando la espalda y ofreciéndole sus endurecidos pezones.

Y él ignoró su sentimiento de culpabilidad por haberse acostado con una joven inocente para saciar su deseo.

Tampoco ella quería complicaciones. Los dos lo habían dejado claro desde el principio. Solo compartirían aquel fin de semana. Pero él estaba seguro de estar utilizándola para rebelarse por última vez, para ignorar la inevitabilidad de su vida. Porque estando allí, con ella, se sentía un ser humano y no un rey.

Atrapó uno de sus senos entre sus labios y rodó la lengua alrededor del pezón a la vez que se adentraba más profundamente en ella y se preguntaba si alguna otra mujer había sido un molde tan perfecto para él.

Tomándola por el rubio cabello, le levantó la cabeza para besarla profundamente, hasta que jadeó y su cuerpo quedó a su merced. Matthias se sintió poderoso, pero con un poder que no tenía nada que ver con el que experimentaría en unos días, ni con las responsabilidades que le esperaban.

Por su país renunciaría a placeres como el que representaba Frankie. Pero al menos durante unas horas, sería sencillamente Matt, y Frankie sería suya…

Capítulo 1

Tres años después

Las luces de Nueva York centelleaban en la distancia. Matthias contempló la ciudad desde la terraza de su ático de Manhattan mientras recordaba la última vez que había estado en aquel mismo lugar, aunque evitando pensar en la mujer que lo había hechizado.

La mujer que le había entregado su cuerpo y que se había quedado grabada en su mente. Susurró su nombre, seguido de un juramento porque, dado que en un mes se iba a anunciar su compromiso, no debía permitirse ni pensar en ella. Todo Tolmirós esperaba que el rey se casara y proporcionara un heredero. Matthias había huido de su destino tanto como había podido, pero había llegado la hora. Su familia había muerto cuando era adolescente y la idea de tener hijos y el temor de perderlos era un miedo con el que cargaba como si fuera una pesada losa.

Pero su pueblo necesitaba que tuviera una esposa adecuada, culta y preparada para reinar. Cerró los ojos y a quien vio fue a Frankie la tarde que la conoció, con la ropa manchada de pintura, el cabello recogido en una coleta y una sonrisa contagiosa. Sintió un nudo en el estómago. Su reina no tendría nada que ver con Frankie. Lo que habían compartido escapaba a toda lógica, había sido un *affaire* que solo en cuestión de horas lo había sacudido hasta la médula, y había sabido que

Frankie era una mujer capaz de hacerle olvidar sus obligaciones, una sirena que lo atraía hacia el abismo. Por eso había hecho lo que se le daba mejor: encerrar sus emociones y dejarla sin mirar atrás.

Pero desde que había vuelto a Nueva York no dejaba de pensar en ella. La veía en todas partes; en las luces que centelleaban como sus ojos, en la elegancia de los esbeltos edificios, aunque ella fuera de baja estatura; en su viveza y su mente despierta... Y no podía evitar pensar en volver a verla, por simple curiosidad o para conseguir olvidarla.

En el presente era rey, ya no era el hombre con el que ella se había acostado. Pero sus deseos y sus necesidades eran las mismas. Contempló de nuevo la ciudad y la idea fue tomando forma.

¿Qué mal podía hacer una visita al pasado, solo por una noche?

—La iluminación es perfecta —dijo Frankie animada, observando con ojos de artista las paredes de la galería.

La exposición se inauguraba al día siguiente y quería que todo estuviera perfecto. Estaba entusiasmada. Durante años había luchado por subsistir; abrirse camino como artista era una proeza, y una cosa era morirse de hambre por amor al arte cuando una era libre y otra, tener la responsabilidad de un niño de dos años y medio que no paraba de crecer, al mismo ritmo que las facturas.

Pero aquella exposición podía marcar el punto de inflexión que tanto había esperado, la oportunidad de abrirse paso en el competitivo mundo artístico de Nueva York.

—Había pensado en usar focos más pequeños para estos —dijo Charles, indicando algunos de los paisajes favoritos de Frankie, unas manchas abstractas con los colores del amanecer.

–Quedan muy bien –comentó Frankie, sintiendo un nuevo escalofrío de nervios.

Los cuadros eran su alma, en ellos plasmaba sus pensamientos, sus sueños, sus temores. Incluso los retratos de Leo, con su increíble mata de pelo negro, sus intensos ojos grises y sus largas pestañas, estaban allí. Él era su corazón y su alma, y su imagen colgaba en las paredes de la galería y sería contemplada por miles de personas.

–La puerta –murmuró Charles al oír un ruido que Frankie no había percibido.

Estaba acercándose a un retrato de Leo en el que se reía a carcajadas a la vez que lanzaba al aire unas hojas de árboles que había recogido del suelo. Frankie había querido captar la euforia del instante y había tomado numerosas fotografías al tiempo que intentaba memorizar las inflexiones de la luz. Luego había trabajado en el retrato hasta la madrugada y había conseguido lo que era su especialidad: captar el espíritu, atrapar en el lienzo un instante de la vida.

–La inauguración es mañana por la noche, señor, pero si quiere ver la colección…

–Me encantaría.

Dos palabras y una voz tan familiar… Frankie sintió un escalofrío muy distinto del anterior. No era de ansiedad o anticipación, sino de reconocimiento instantáneo, un temblor y un pálpito de añoranza.

Se volvió lentamente, como si con ello se separara de la realidad en la que súbitamente se encontró sumida. Pero en cuanto vio al hombre que estaba con Charles, el mundo colapsó a su alrededor.

«Matt».

Era él.

Y los recuerdos volvieron en cascada: cómo se había despertado y él no estaba; ni había dejado una nota, ni nada que pudiera recordar su presencia, excepto la extraña sensación que le había quedado en el cuerpo tras hacer el amor, y el deseo de volver a sentirla.

–Hola, Frances –dijo él mirándola con los ojos que ella tan bien recordaba. Los mismos ojos que Leo.

Habían pasado tres años desde que lo había visto y, sin embargo, Frankie lo recordaba tan vívidamente como si hubieran estado juntos el día anterior.

Habría deseado deslizar la mirada por su cuerpo, regodearse en cada milímetro de él, rememorar la fuerza de su complexión, la asombrosa delicadeza con la que, por contraste, la había poseído por primera vez, cuando la había sostenido en sus brazos al tiempo que se llevaba los últimos vestigios de su inocencia.

Haciendo un esfuerzo sobrehumano, se cruzó de brazos y le sostuvo la mirada, que él posaba en ella con igual intensidad.

–Matt –musitó, sintiéndose orgullosa de que no le temblara la voz–. ¿Estás buscando una obra de arte?

Una fuerza invisible parecía atraerlos, pero Frankie optó por ignorarla.

–¿Me enseñas tu trabajo? –preguntó él a su vez.

Frankie recordó los retratos de su hijo y, por temor a que identificara de inmediato la consecuencia de su fin de semana juntos, decidió hacer lo posible para que no los viera.

–Muy bien –dijo precipitadamente, caminando hacia otra sala–. Pero tengo poco tiempo.

De soslayo, vio que Charles fruncía el ceño. No era de extrañar que estuviera confuso. Aun no conociendo a Matt, era evidente que tenía suficiente dinero como para comprar toda la obra. De haber sido otro, tampoco a ella se le habría pasado por la cabeza rechazarlo.

Pero se trataba de Matt, el hombre que había irrumpido en su mundo, la había seducido y había desaparecido. Representaba un peligro y no pensaba pasar con él más tiempo que el imprescindible.

«Es el padre de tu hijo», le recordó su conciencia. Y estuvo a punto de pararse en seco al ser consciente de las implicaciones morales de esa afirmación.

—Cuando la señorita Preston concluya, le acompañaré yo mismo —dijo Charles.

Matt se volvió y declaró:

—Me basta con la señorita Preston.

Frankie vio que Charles se sonrojaba. Su galería, Charles la Nough, era famosa en Nueva York y él estaba acostumbrado a ser tratado con respeto, incluso con admiración. Que lo despidieran con aquella indiferencia, era una experiencia nueva para él.

—Si te necesito te llamaré —intervino Frankie para suavizar el golpe.

—Muy bien —replicó Charles. Y salió de la sala.

—No hacía falta que fueras tan grosero —comentó Frankie.

Pero en aquella ocasión la voz le salió temblorosa. Matt estaba muy cerca de ella, podía olerlo y sentir el calor que irradiaba. Y aunque intentó no reaccionar, su cuerpo, que llevaba tanto tiempo aletargado, despertó a la vida.

Alzó la barbilla en un gesto desafiante.

—Ahora que estamos solos, ¿puedes decirme qué haces aquí? Dudo que quieras comprar uno de mis cuadros.

Matt la observó detenidamente. Creía recordarla a la perfección y, sin embargo, al verla en aquel momento, apreció decenas de mínimos detalles en la Frankie Preston que tenía ante sí, que había pasado por alto al conocerla.

Lo que no había cambiado era que le resultaba la mujer más interesante que había visto en su vida sin que pudiera señalar por qué. Todo en ella le fascinaba: desde sus felinos ojos verdes, hasta su nariz levemente respingona y las pecas que la salpicaban, y sus labios… aquellos labios rosas y sensuales que se habían abierto con un gemido cuando él los había besado.

Aquel día, tres años atrás, Frankie salía de una clase de arte con un lienzo enrollado en una bolsa, unos vaqueros manchados de pintura y un top blanco, y caminaba tan distraída que se había chocado con él y le había manchado el traje de pintura azul.

La nueva Frankie llevaba un vestido negro con un generoso pero discreto escote, un collar amarillo y sandalias de cuero. Era una versión más elegante, pero seguía siendo muy ella, tal y como él la recordaba.

¿Cabía la posibilidad de que se la hubiera inventado? ¿Habría sido una fantasía? ¿Hasta qué punto había llegado a conocerla si apenas habían pasado juntos unas horas?

–¿Qué te hace pensar que no he venido a comprar? –preguntó.

Frankie apretó los labios, que tenía pintados en un tono rosa intenso que hacía pensar que había estado comiendo cerezas.

–Porque mi arte no te interesa.

Matt pensó en el cuadro que colgaba en su despacho, que había comprado anónimamente a través de un marchante. Era la pieza en la que Frankie trabajaba el día que se conocieron.

–¿Por qué dices eso?

Ella se ruborizó.

–Me acuerdo muy bien de cómo me engañaste fingiendo estar interesado en mi trabajo. Pero ya no soy tan estúpida. ¿Qué te trae a la galería, Matt?

Oír aquella versión de su nombre en labios de Frankie

le provocó una mezcla de sentimientos. Vergüenza, porque no haberla corregido significaba que, efectivamente, no había sido honesto con ella. Placer, porque era la única mujer que lo llamaba así; en cierta medida era un nombre que les pertenecía y que se repetiría en sus oídos para siempre tal y como ella lo había pronunciado en el momento del clímax.

La deseaba.

Después de tres años, se enorgullecía de haberse marchado y hacer lo correcto, de haber sido fuerte y resistir la tentación por el bien de su reino.

Pero...

¡Cuánto la deseaba!

Aproximándose lo bastante como para aspirar su fragancia a vainilla y mirándola fijamente, dijo:

–Voy a casarme. Pronto.

Frankie oyó aquellas palabras como si le llegaran de muy lejos, y, cuando sintió algo en el estómago, se dijo que era alivio. Porque aquel matrimonio significaba que estaba a salvo de las ráfagas de deseo que la estremecían, del absurdo anhelo que la devoraba de revivir el pasado a pesar de cómo había concluido.

–Enhorabuena –consiguió articular–. ¿Así que es verdad que quieres un cuadro como regalo para tu esposa? –Frankie se volvió hacia las obras–. Tengo unos paisajes preciosos. Muy románticos y evocativos –dijo precipitadamente mientras en su mente se repetían las palabras de Matt: «Voy a casarme. Pronto».

–Frankie... – Matt habló con un tono autoritario que hizo que ella se volviera, maldiciéndolo porque bastaba con oír su nombre en sus labios para recordar cómo lo había pronunciado mientras le mordisqueaba el cuello, antes de succionarle los pezones...

Matt estaba tan próximo a ella que sus cuerpos se rozaron y Frankie sintió una descarga eléctrica. Tragó saliva y retrocedió. ¡Iba a casarse!

–¿Qué estás haciendo aquí?

Frankie no se molestó en disimular que Matt formaba parte de un pasado decepcionante. No por el fin de semana en sí, sino por haberse levantado sola, por haber descubierto que estaba embarazada y no conseguir dar con él, por la vergüenza de haber tenido que contratar a un detective, que tampoco había conseguido encontrarlo.

–Yo… –empezó Matt, dando un paso hacia delante que los dejó a pocos centímetros. Tenía un gesto tenso e irradiaba crispación–: Quería volver a verte antes de casarme.

Frankie examinó el comentario desde distintos ángulos, pero no logró comprenderlo.

–¿Por qué?

Con las aletas de la nariz dilatadas, Matt la miró fijamente.

–¿Piensas alguna vez en los días que pasamos juntos?

La comprensión y la furia alcanzaron a Frankie simultáneamente. Emitiendo un juramento que habría recibido la desaprobación de su madre adoptiva, saltó:

–¿Me tomas el pelo, Matt? ¿Estás a punto de casarte y pretendes rememorar el pasado? –se alejó de él, adentrándose en la sala con el corazón desbocado.

Matt la observaba con una intensidad que le impedía respirar. Pero sobre todo le enfurecía que apareciera después de tanto tiempo para preguntarle por aquel maldito fin de semana.

–¿O no querías solo rememorarlo? Dime que no has venido por otro revolcón en el heno –exclamó, cruzándose de brazos–. Dudo que estés tan desesperado por tener sexo como para que estés haciendo un itinerario, visitando a tus amantes del pasado.

Un músculo palpitó en la barbilla de Matt como reacción al insulto. Matt como fuera su apellido era claramente un puro macho alfa y, evidentemente, no llevaba bien que se cuestionara su sexualidad.

–Y no, no pienso en aquel fin de semana –añadió Frankie antes de que él hablara–. Para mí no eres más que un grano de arena en mi vida. Y, si pudiera borrar lo que pasó entre nosotros, lo haría –mintió, pidiendo mentalmente perdón por traicionar a su hijo.

–¿Ah, sí? –preguntó él con el mismo tono suave y sensual que había usado tres años atrás.

–Sí –afirmó Frankie, subrayando el monosílabo con una mirada incendiaria.

–¿Así que no piensas en lo que sentías cuando te besaba aquí?

A Frankie la tomó desprevenida que le acariciara delicadamente la barbilla, acelerándole el pulso y causándole un vuelo de mariposas en el estómago.

–No –dijo con voz levemente temblorosa.

–¿O en cómo te gustaba que te tocara aquí? –Matt deslizó los dedos por su escote hacia la curva de sus senos.

Frankie tuvo que rezar para no dejarse arrastrar por aquellos recuerdos, por la perfección de lo que habían compartido. Por una fracción de segundo, habría querido sucumbir a ellos. Habría querido pretender que no tenían un hijo en común y que volvían a estar en aquella habitación de hotel, solos ellos dos, ajenos al mundo exterior. Pero habría sido un ejercicio inútil.

–No –se sacudió la mano de Matt de encima y se separó de él, pasándose las manos por las caderas–. Han pasado tres años. No puedes aparecer ahora, después de haber desaparecido del mapa…

Matt la observó con una mirada impenetrable.

—Tenía que verte.

Frankie sintió que se le contraían las entrañas ante la posibilidad de que tampoco él hubiera podido olvidar su noche juntos. Pero estaba segura de que eso era lo que había hecho. Se había marchado sin mirar atrás. En tres años no había contactado con ella. No había dado señales de vida. Nada.

—Muy bien, pues ya me has visto —dijo con firmeza—. Ahora ya puedes irte.

—Estás enfadada conmigo.

—Sí —Frankie le sostuvo la mirada sin ocultar su dolor ni su sentimiento de haber sido traicionada—. Me desperté y habías desaparecido. ¿No crees que tengo derecho a estar enfadada?

Un músculo palpitó en la mandíbula de Matt.

—Acordamos que solo se trataría de un fin de semana.

—Sí, pero no quedamos en que tú te escabulleras en mitad de la noche sin tan siquiera despedirte.

Matt entornó los ojos.

—No me escabullí —y como si recuperara la calma, volvió a componer un rostro inexpresivo—. Además, hice lo mejor para los dos.

Frankie pensó que era extraño que fueran esas palabras las que hicieran saltar por los aires la rabia que llevaba tanto tiempo contenida en su interior.

—¿En qué sentido era lo mejor para mí? —preguntó con voz chillona, palideciendo.

Matt suspiró como si tratara con una chiquilla recalcitrante que estuviera poniendo a prueba su paciencia.

—Tengo una vida muy complicada —dijo, no como disculpa, sino con una frialdad que no incluía la más mínima contrición—. Aquel fin de semana fue un error. En retrospectiva, no debía haber permitido que sucediera. No debí involucrarme con alguien como tú.

—¿Alguien como yo? —repitió Frankie con una calma que ocultaba la indignación que la quemaba por dentro—. ¿Pero acostarte con alguien como yo sí estuvo bien?

—Me he expresado mal —dijo él, sacudiendo la cabeza.

—Pues explícate mejor.

Matt habló lentamente, como si temiera que no fuera a comprenderlo.

—Te deseé en cuanto te vi, Frankie, pero sabía que no podía haber entre nosotros nada más allá del fin de semana. Creo que te lo dejé claro, pero te pido perdón si esperabas algo más —fue a aproximarse a ella, pero al ver que Frankie se tensaba, se detuvo—. Hay puestas en mí ciertas expectativas respecto a mi futura esposa, y tú no eres el tipo de mujer a quien podría elegir.

Frankie estalló indignada:

—¡Yo no quería casarme contigo! Solo esperaba la mínima cortesía de que el hombre que me había desvirgado se despidiera de mí. ¿Se te ocurrió pensar en cómo me sentiría cuando desapareciste del hotel?

Frankie tuvo la leve satisfacción de percibir algo parecido a la culpabilidad en el rostro impasible de Matt.

—Tenía que irme. Siento haberte hecho daño…

Frankie sacudió la cabeza. Claro que le había hecho daño, pero no pensaba admitirlo.

—Lo que me duele es tu estupidez. Que carezcas de decencia y de entereza moral.

Matt echó la cabeza hacia atrás como si lo hubiera abofeteado, pero ella, bajando la voz, continuó:

—Fuiste mi primer amante. Para mí, acostarme contigo significó algo. Y tú simplemente desapareciste.

—¿Qué esperabas, Frankie, que te preparara el desayuno, que mientras tomábamos unos huevos revueltos te anunciara que volvía a Tolmirós y que te olvidaría?

Ella lo miró despectivamente.

–Pues no parece que me hayas olvidado.

Contuvo el aliento, esperando la respuesta de Matt con los labios entreabiertos.

–No –admitió él finalmente–. Pero me marché porque sabía que era mi deber, porque era lo que se esperaba de mí –exhaló el aliento bruscamente y luego tomó aire–. No he venido para molestarte, Frankie. Lo mejor será que me vaya.

Y esas palabras, que evidenciaban el desequilibrio de fuerzas que había entre ellos, despertaron en Frankie una intensa rabia. Matt había decidido volver para verla, la había tocado como si el deseo siguiera recorriéndolos… Él decidía los tiempos, él tenía el poder, él tenía el control. Creía que podía marcharse cuando quisiera y decidir cuándo dar el encuentro por terminado. ¡Por qué demonios se creía con ese derecho!

–¿Te has preguntado alguna vez si aquella noche tuvo consecuencias, Matt? ¿Te has siquiera planteado que quizá yo no pude olvidar lo que compartimos con tanta facilidad como tú?

Capítulo 2

POR UNA fracción de segundo, Matthias tuvo la seguridad de haber interpretado erróneamente el comentario de Frankie. Siendo el heredero al trono de Tolmirós, Matthias jamás había asumido el menor riesgo en sus relaciones sexuales. Tampoco aquel fin de semana.

—Sabía que no habría ninguna consecuencia —dijo, encogiéndose de hombros como si el corazón no se le hubiera parado por un instante—. Y estaba convencido de que lo mejor para ti era cortar todo contacto.

También para él. Prefirió no arriesgarse a llamarla y darle explicaciones.

—¿Qué te hizo pensar eso?

Matt frunció el ceño.

—¿Quieres decir que sí hubo consecuencias?

—¿Por qué estamos usando eufemismos? Pregúntame lo que realmente quieres saber.

Nadie se había dirigido a él así, y a Matthias le resultaba tanto provocador como inquietante. Frankie despertaba en él pasiones que debía ignorar para concentrarse en lo que fuera que Frankie había querido decir.

—Eres tú quien ha insinuado que nuestra noche juntos tuvo complicaciones.

—Lo que quiero decir es que tu arrogante afirmación de que tomaste las medidas suficientes para protegerme de las posibles ramificaciones de acostarte conmigo no es correcta.

Las palabras de Frankie volaron a su alrededor como filos de cuchillos.

—¿Quieres decir que te quedaste embarazada? —exigió saber mientras la sangre le fluía aceleradamente hasta ensordecerlo.

Por un instante, se imaginó esa posibilidad, su bebé creciendo en el vientre de Frankie, y sintió un orgullo inicial al que siguió un instantáneo dolor, porque era imposible. La frente se le perló de sudor con la mera idea de un bebé. Aunque fuera inevitable y necesario, todavía no estaba preparado para abrazar la realidad, para asimilar la idea de una personita de su sangre, una persona que podría serle arrebatada en cualquier momento.

—Tuve cuidado. Siempre tomo precauciones.

—¡Qué encantador! —Frankie se cruzó de brazos—. Cuéntame más detalles de las otras mujeres con las que te has acostado, por favor.

Matt apretó los dientes. No había querido ser grosero, pero la verdad era que se tomaba muy en serio ser responsable en sus relaciones sexuales.

—¿Qué demonios quieres decir? —preguntó airado.

Frankie tomó aire y contestó:

—Está bien. Sí, me quedé embarazada.

Sus palabras golpearon a Matt en el plexo solar como cañonazos.

—¿Qué?

Por primera vez en su vida se quedó sin palabras. Cuando su familia murió y el país, consternado, se había vuelto hacia él, un joven de quince años que acababa de perder a sus padres y a su hermano, que había permanecido con ellos atrapado en un coche mientras expiraban, Matthias había sabido lo que se esperaba de él. Al recibir la noticia, había encerrado su dolor por la pérdida de su familia en un compartimento de su corazón para entregarse a él más adelante, y se había mostrado fuerte y seguro: un perfecto heredero al trono.

Frankie se masajeó las sienes y fijó sus ojos como océanos verdes en él con una angustia evidente.

—Me enteré un mes después de que te fueras.

De pronto nada tenía sentido en su mundo, nada encajaba.

—¿Estabas embarazada?

Frankie hizo una mueca.

—Eso acabo de decir.

Matt cerró los ojos; se le aceleró la sangre.

—Deberías habérmelo dicho.

—¡Lo intenté! Fue imposible encontrarte.

—Todo el mundo puede ser localizado.

—Excepto tú. «Matt» era todo lo que sabía de ti. En el hotel no supieron decirme quién había reservado la suite. Solo sabía tu nombre y que eras de Tolmirós. Claro que quise decírtelo. Pero intentar encontrarte fue como buscar una aguja en un pajar.

¿No era eso lo que él había pretendido, una noche sin complicaciones? Excepto que todo lo relacionado con Frankie había sido una complicación, incluida la forma en que se le había quedado grabada en el alma.

—¿Así que tomaste una decisión así por tu cuenta? —preguntó furioso, pensando en su pérdida, en la pérdida para su reino.

—¿Qué decisión? —Frankie palideció—. No había ninguna decisión que tomar.

—Decidiste abortar sin darme la oportunidad de conocer a mi hijo —dijo Matt sintiendo una opresión en el pecho.

Frankie exhaló bruscamente.

—¿Qué te hace pensar que abortara?

Matt la miró mientras la pregunta pendía entre ellos. Cuando tenía nueve años, había recorrido el palacio corriendo arriba y abajo, pasando por precipicios estrechos desde los que podía ver la ciudad a sus pies, había corrido hasta colapsar sobre la hierba y contemplar las nubes con los pulmones ardiéndole y la sensación de tener el cuerpo acribillado por agujas. Así se sintió en aquel instante.

—Quieres decir… —Matt intentaba comprender, pero no lo lograba—. ¿No abortaste?

—Por supuesto que no.

Matt se quedó paralizado un instante y de pronto algo se iluminó en su cerebro, un recuerdo de algo que en el momento no había registrado. Dando media vuelta, salió de la sala hacia una sala más reducida, que daba a un espacio central, y contempló la pared que Frankie había tenido a su espalda cuando él entró. Había estado tan concentrado en ella que no había comprendido el significado de lo que veía. Pero en ese momento miró los cuadros, diez retratos de un mismo niño, y la sangre se transformó en lava en sus venas al tiempo que sentía un profundo orgullo, un sentimiento posesivo primario y un intenso dolor.

«Spiro».

Estaba ante una versión más joven de sí mismo y de su hermano. Unos ojos que se habían clavado en los de él con dolor y angustia al tiempo que perdía la vida. Unos ojos que le habían suplicado que lo ayudara. Unos ojos que finalmente se habían nublado y habían muerto mientras Matthias los observaba, impotente.

Por un instante miró al suelo con la respiración entrecortada y el pulso acelerado y tomó aire mientras esperaba que el familiar pánico remitiera.

—Es mi hijo —afirmó. Y no necesitó volverse para saber que Frankie estaba detrás de él.

—Tiene dos años y medio —musitó ella con voz ronca—. Se llama Leo.

Matthias cerró los ojos mientras asimilaba la información. Leo. Dos años y medio. Spiro tenía nueve al morir, y el mismo gesto de pícaro. Mejillas redondeadas en las que se formaban hoyuelos cuando sonreía, ojos que centelleaban con sus secretos y sus bromas. Matt apartó aquellos recuerdos, negándose a dejarse ahogar por ellos. Solo en mitad de la noche, cuando el tiempo se detenía y las estrellas en su infinita sabiduría prometían escucharlo, dejaba aflorar sus recuerdos, y permitía que su corazón gimiera.

Volvió a concentrarse en los cuadros, inspeccionándolos detenidamente. En varios de ellos, Leo, su hijo, jugaba. Se reía con una alegría y una vitalidad que la diestra mano de Frankie había captado a la perfección. En otros, posaba para el retrato. El último lo dejó boquiabierto. Leo miraba de frente con una expresión inquisitiva, una ceja enarcada y los labios curvados en una suave sonrisa. Tenía los ojos grises, como él. En realidad, todo su rostro parecía una copia del suyo. Pero las pecas que punteaban su nariz eran de Frankie, al igual que la desafiante y burlona actitud.

Matthias se sintió abrumado por las emociones. ¿Además de los rasgos físicos, qué cualidades personales habría heredado el niño que estaba destinado a ser el futuro rey de su país?

–¿Dónde está? –preguntó con gesto serio.

Percibió que Frankie se tensaba y también percibió que el universo estaba formado por una serie de ligamentos y fibras que conectaban su cuerpo con el de ella. Se volvió con una mirada metálica.

–¿Dónde-está-el-niño? –preguntó de nuevo, cada palabra convertida en una bala.

Todos los mitos que le habían inculcado, las creencias de su pueblo sobre la fuerza y el poder que corría por sus venas, y que también recorrían las de su hijo, acudieron a su mente. Pero no se trataba solo de linaje real o del hecho de haber descubierto que tenía un heredero. Se trataba de un sentimiento profundo, de una necesidad perentoria, como hombre, como padre, de conocer a su hijo.

Frankie se puso en guardia, y Matthias comprendió en ese instante lo que se decía sobre el instinto de protección de las madres hacia sus cachorros. Aunque era menuda, en aquel momento parecía capaz de destrozarlo con sus propias manos si amenazaba a su hijo.

—Está fuera de la ciudad —dijo evasiva, mirando hacia la puerta, más allá del vestíbulo donde debía de estar el dueño de la galería.

Pero su miedo no estaba justificado porque él no suponía la menor amenaza para su hijo. Con la disciplina que lo caracterizaba, Matt recuperó el control de sus emociones. Tenía que dominarse en la misma medida que lo había hecho en el pasado, al perder a su familia.

Entonces, el mundo se había tambaleado y él había tenido que redefinir sus parámetros para seguir adelante. El presente le exigía volver a hacerlo. Tener un heredero era lo que motivaba la necesidad de casarse, y resultaba que ya tenía heredero. No tenía más opción que llevárselo consigo a Tolmirós. El futuro incluía a la mujer que tenía ante sí y a su hijo. Todas las razones por las que la había dejado seguían vigentes, excepto la existencia de un hijo común.

—No tenía ni idea de que te hubieras quedado embarazada.

—¿Cómo ibas a saberlo? Supongo que te marchaste en cuanto me quedé dormida.

Frankie se equivocaba. La había observado un buen rato mientras dormía a la vez que pensaba en su reino y en las responsabilidades que le esperaban cuando volviera. Frankie había sido una distracción, un capricho que se había permitido cuando estaba a punto de aceptar su destino. Pero había resultado ser como arenas movedizas, y por eso había tenido que marcharse lo antes posible, porque había intuido que cuanto más se quedara, más se hundiría en ellas y más difícil le resultaría escapar. Además, se había consolado diciéndose que no le había hecho ninguna promesa; le había dicho que solo estaría en Estados Unidos un fin de semana, que eso era todo lo que le ofrecía, así que no había mentido en ningún momento

–Si me hubieras dejado tu teléfono te habría llamado. Pero desapareciste. Ni siquiera el detective que contraté logró encontrarte.

–¿Contrataste a un detective?

Matt sintió un inmenso alivio y gratitud al saber que Frankie no había pretendido ocultarle la existencia de su hijo. Que había querido que fuera parte de su vida. Por su lado, ¿cómo habría reaccionado él de saber que estaba embarazada? Se habría casado con ella. Que fuera o no apropiada como reina habría sido de menor importancia para su pueblo que el hecho de que fuera la madre de su heredero.

Por eso sabía que solo había una manera de actuar y que debía convencer a Frankie lo antes posible.

–Sí –contestó ella. Y, cuando tragó, Matt fijó la mirada en su cuello y su cuerpo se contrajo al recordar cómo la había besado allí y había sentido su pulso bajo su delicada piel–. Pensé que debías saberlo.

–Y estabas en lo cierto –Matt sabía que podía apelar al sentido de la justicia que fluía por sus apasionadas venas–. ¿Podemos cenar juntos? –antes de que Frankie rechazara la invitación, añadió–: para hablar de nuestro hijo. Supongo que entiendes lo importante que es para mí.

Frankie lo miró con desconfianza, pero, finalmente, asintió.

—Está bien, pero una cena breve. Le he dicho a Becky que estaría de vuelta para las nueve.

—¿Quién es Becky?

—Mi vecina. Me ayuda con Leo cuando estoy trabajando.

Matt prefirió no pensar en el hecho de que su hijo, el heredero al trono de Tolmirós, un niño que valía miles de millones de dólares, estuviera al cuidado de una mujer cualquiera de Nueva York.

—Está bien, tomemos un bocado —sugirió.

—¿Qué le parece? —el dueño de la galería apareció repentinamente—. ¿No cree que tiene un enorme talento?

—Un talento excepcional —contestó Matthias. Y no mentía—. Quiero comprar todas las obras de aquella pared —dijo, indicando la que incluía los cuadros de su hijo.

Frankie lo miró con ojos desorbitados.

—¿Perdona?

Matthias sacó una tarjeta de su cartera.

—Si llama a este número, mi mayordomo se encargará del pago y de la entrega.

Saludando con una inclinación de cabeza, posó la mano en la cintura de Frankie y la llevó hacia la puerta principal. La sorpresa la mantuvo callada, pero en cuanto salieron a la tibia brisa del atardecer neoyorquino, se separó bruscamente y se volvió hacia él airada.

—¿Por qué has hecho eso?

—¿Por qué te extraña que quiera comprar los retratos de mi hijo?

Frankie apretó los dientes y Matthias comprendió que todavía tenía que asimilar que desde ese momento tendría que compartir a su hijo. Más aún, que los retratos del heredero al trono no podían estar a la venta en una galería pública.

—No —admitió ella a regañadientes, consciente de que su determinación empezaba a flaquear.

—Vamos —Matt indicó un lujoso coche con las ventanillas tintadas que esperaba a la puerta.

Cuando estuvieron cerca, Zeno, su chófer y guardaespaldas, bajó para abrirles la puerta.

Al ver su gesto reverencial, Frankie frunció el ceño. Para Matthias, ese tipo de comportamiento formaba hasta tal punto parte de su rutina diaria que ya ni siquiera lo percibía.

—No sé ni cómo te apellidas —musitó ella al tiempo que se deslizaba sobre el asiento de cuero blanco.

Matt estaba deseando hacerle un montón de preguntas. ¿Le habría dado Frankie su apellido a su hijo de haber sabido cuál era? La idea de que hubiera crecido con un apellido que no fuera Vasilliás le producía una profunda frustración.

Pero puesto que no podía confiar ni en sus más leales sirvientes, tendría que reservar las preguntas para más tarde. Se llevó un dedo a los labios para indicar a Frankie que guardara silencio, mientras reflexionaba sobre el efecto que los últimos sucesos tendrían en el matrimonio que había planeado concertar.

—Pensaba que te referías a cenar en un restaurante —dijo Frankie cuando el coche se detuvo ante un edificio de acero en la plaza de las Naciones Unidas.

Había llegado allí en un silencio absoluto, hasta que Matt había hablado con el chófer en su lengua, con aquella voz ronca y profunda que le aceleraba el pulso a Frankie y que le hacía estremecer con sensaciones que prefería mantener enterradas.

—Los restaurantes no son lo bastante privados.

—¿No sabes hablar bajo?

—Frankie, te prometo que esto es mucho mejor —Matt la miró intensamente, suplicándole que, por aquella vez, le hiciera caso sin protestar.

Una parte infantil y testaruda de Frankie habría querido rebelarse, pero la lealtad a su hijo le hizo callarse. Siempre había querido lo mejor para Leo. Ella había vivido torturada por el rechazo de sus padres biológicos y se había jurado que Leo jamás sentiría nada parecido, que no crecería creyendo que su padre no lo había deseado.

—Está bien —dijo con un suspiro—. Pero no puedo quedarme mucho tiempo.

—Esta conversación va a necesitar su tiempo.

Matt bajó del coche y ella lo siguió. Él la tomó por el codo y cruzaron las puertas automáticas del edificio. El ascensor estaba esperando con un guarda de seguridad apostado a un lado. Frankie no recordaba tanto personal en el pasado. Solo el chófer, y entonces no le había extrañado. Solo había pensado que Matt tenía dinero; pero era evidente que en aquellos tres años debía de haber amasado una fortuna.

—¿Has recibido una amenaza de muerte o algo así? —masculló cuando las puertas del ascensor se cerraron.

Matt la miró entre resignado e impaciente, pero no contestó. Pero, cuando las puertas del ascensor se abrieron a lo que solo podía ser descrito como un palacio en un ático, indicó al guardaespaldas que los dejara solos.

Para dominar la tensión que sintió, Frankie se distrajo observando la belleza del espacio y de las vistas privilegiadas de Nueva York. Una gran puerta automática se abría a una gran terraza con una piscina. Frankie supuso que nadar en ella debía de ser como flotar sobre la ciudad.

—Matt —dijo, volviéndose sin saber qué iba a decir.

Él la estaba observando con gesto de concentración.

—Me llamo Matthias Vasilliás.

Frankie pensó que el nombre completo le iba a la perfección. Que «Matt» resultaba demasiado vulgar para alguien como él, exótico e inusual.

—Muy bien —dijo, alegrándose de conseguir sonar casi desdeñosa—. Matthias.

Él la miró con una sorpresa que la desconcertó.

—¿No has oído hablar de mí?

Frankie se alarmó.

—¿Debería?

Él esbozó una sonrisa sarcástica.

—No.

Pero Frankie se tomó el monosílabo como una crítica.

—¿Vas a explicarme a qué se debe tanta seguridad? —preguntó con el ceño fruncido.

Él suspiró.

—Esto no es nada. En Tolmirós, el dispositivo de seguridad es mucho mayor.

—¿Por qué? ¿Eres una celebridad?

—Algo así.

Matt fue a la cocina, sacó una botella de vino, sirvió una copa y se la dio. Frankie la tomó mecánicamente.

—Explícamelo, Matt… Matthias.

Él entornó los ojos como si oír su nombre completo en sus labios le resultara tan extraño como a ella, aunque tenía que reconocer que le gustaba cómo sonaba.

—Mi familia se mató hace años en un accidente, cuando yo tenía quince años —aunque habló sin la más mínima emoción, Frankie pudo imaginarse cómo debía de haberse sentido.

—Lo siento —musitó.

Él frunció los labios.

—Ha pasado mucho tiempo.

–Pero supongo que todavía es doloroso.

–Me he acostumbrado a estar solo. Mi tío paterno asumió muchas de las responsabilidades de mi padre. Yo era demasiado joven.

–¿Qué responsabilidades?

–Tras su muerte se decidió que yo asumiría mi papel al cumplir treinta años –aunque Matthias la miraba, era evidente que su mente revivía el pasado–. Una semana antes de cumplirlos, te conocí. Solo estaba en Nueva York de paso, disfrutando de un último viaje sin este grado de… compañía –concluyó.

–¿A qué se dedicaban tus padres?

Pero no se trataba de un diálogo, sino de un monólogo. Y Frankie estaba tan ansiosa por recibir una explicación que no le importó.

–No debería haberme acostado contigo, pero eras tan…No sé cómo explicarlo. Te deseé en cuanto te vi –la miró fijamente y Frankie sintió que se le helaba el corazón. Para él había sido así de sencillo–. Sabía que no podía durar.

–Pero, aun así, me sedujiste. ¿Se te ocurrió pensar en cómo me sentiría yo?

–No –Matthias cerró los ojos–. Me dije que eras como yo y que esperabas lo mismo. De haber sabido que eras virgen…

–No te mentí deliberadamente –masculló Frankie–. Todo fue tan… incontrolable.

Matthias inclinó la cabeza a modo de confirmación.

–Eso es el pasado. Ahora debemos ocuparnos del futuro.

Y por fin llegaban al punto de discutir la custodia de su hijo, algo que Frankie había creído que nunca se produciría. Pero en aquel instante, cara a cara con el padre de su hijo, no tenía la menor intención de negarle el derecho a ver a su hijo.

–Cuando me fui, volví a Tolmirós y asumí la posición que me correspondía por derecho de nacimiento –continuó él.

Frankie frunció el ceño.

–¿A qué tipo de negocios se dedica tu familia?

Matthias esbozó una sonrisa que pareció más una mueca.

–No es un negocio, Frankie. Me llamo Matthias Vasilliás y soy el rey de Tolmirós.

Capítulo 3

NO TE he entendido bien –Frankie se rio con incredulidad–. Es una broma, ¿no?

Pero miró a su alrededor con ojos nuevos, observando el lujo que la rodeaba, y comprendió al instante que quien podía disfrutar de él tenía que tener una posición privilegiada. Pero no era solo eso. De pronto lo vio todo a través de aquella información y le pareció obvio. Incluso cuando había ido al hotel, había algo en Matt distinto a cualquier otra persona que hubiera conocido. Le había hablado de mitos ancestrales y le había transmitido algo mágico. Había sido excepcional. Un rey.

–No es una broma. Aquel fin de semana que pasé contigo fue la forma de anular la realidad que me esperaba, de fingir que no iba a ascender al trono en cuestión de días.

Frankie apenas le oía. Era un rey. Lo que significaba que… Retrocedió hasta chocar con el sofá y sentarse en él antes de vaciar la copa de un trago.

–Sí –añadió Matthias como si intuyera lo que pensaba–. Nuestro hijo es mi heredero. Es un príncipe, Frankie.

–Pe-pero… No estábamos casados –adujo ella, asiéndose a cualquier posible excusa–. ¿No hay una ley que impida que sea tu heredero?

El rostro de Matthias se ensombreció.

–Complica las cosas –dijo tras una pausa–. Pero eso

no cambia el hecho de que representa el futuro de mi pueblo.

Frankie tragó saliva.

—Mi familia ha reinado en Tolmirós desde hace más de mil años. Las guerras y las hambrunas han acabado con los países vecinos, pero Tolmirós ha permanecido estable y próspero. El mito de nuestro primer gobernante forma parte de la cultura popular, y según él, nuestra familia está en el origen de la prosperidad del país. Leo no es solo un niño, es la personificación de un mito y reinar en Tolmirós es su destino, igual que es el mío.

La magia que estaba creando Matthias de nuevo iba envolviendo a Frankie, que veía cómo su hijo se alejaba de ella hacia un país remoto. Pero Leo no era solo un príncipe: era su hijo, el bebé que había cobijado en su vientre, a quien había cuidado cuando estaba enfermo, al que había leído un cuento cada noche, a quien había consolado cuando tenía pesadillas.

—Mi pueblo lo necesita, Frankie. Representa su futuro.

Ella cerró los ojos, angustiada.

—Hablas como un rey, no como un padre —se volvió a mirarlo—. No es más que un niño de dos años y medio, y a ti solo te importa que su destino sea gobernar un país que no conoce. ¡Ni siquiera me has preguntado nada sobre él!

Los ojos de Matthias brillaron ante la verdad que había en esa acusación.

—¿Crees que no ansío conocer cada detalle sobre él? ¿No crees que estoy deseando conocerlo y estrecharlo entre mis brazos? Por supuesto que sí. Pero primero necesito que comprendas lo que va a suceder. Debemos actuar con prontitud si queremos controlar esto.

—¿Qué tenemos que controlar?

Matthias resopló con impaciencia.

—Nuestro matrimonio.

—¿De qué estás hablando? —Frankie palideció—. ¡No pienso casarme contigo!

—Me temo que esa decisión dejó de estar en nuestras manos en el momento en que Leo fue concebido.

—No estoy de acuerdo.

—Deja que te aclare una cosa: voy a criar a mi hijo como tal, y como mi heredero.

—Muy bien, puedes ser su padre y hasta educarlo como heredero de tu maldito país —estalló Frankie airada. Matthias frunció el ceño—. Pero no puedes aparecer después de tres años y pretender dirigir nuestras vidas. Como tú mismo has dicho, lo que compartimos aquella noche fue pasajero, fugaz. No eres más que un tipo al que, para serte sincera, habría preferido no conocer.

—Puede ser. Pero el caso es que nos conocimos. Y ahora tenemos un hijo. Debemos casarnos, Frankie. ¿No entiendes que no hay otra opción?

Frankie sintió el miedo vibrar en su pecho.

—No.

—¿No? —repitió Matthias. Y estalló en una carcajada de incredulidad—. No puedes decirme simplemente que no.

—¿Porque eres un rey?

Matthias entornó los ojos.

—Porque soy su padre y haré lo que haga falta para que vuelva a casa.

—¡Ya tiene una casa!

—Es el heredero de Tolmirós y su lugar está en el palacio.

—¿Contigo?

—Y contigo. Serás mi esposa, la reina de un país próspero y feliz. No te estoy pidiendo que renuncies a

Leo o que te mudes a un país mísero. Ni siquiera tendrías que vivir conmigo. Podrías elegir cualquiera de mis palacios como lugar de residencia. Tu vida mejoraría considerablemente.

—¿Estás seguro? Después de todo, estaría casada contigo.

—¿Y?

—¡Ni siquiera te conozco! —las palabra escaparon de la boca de Frankie al tiempo que su cuerpo las contradecía. Su cuerpo conocía bien a Matt. Tanto que aunque estuviera vestido podía verlo desnudo: su musculoso pecho, su piel morena, sus anchos hombros. Y sus entrañas se humedecieron al recordar cómo la había poseído total y plenamente.

—Llegaremos a conocernos lo bastante como para formar una familia y ser unos buenos reyes —replicó Matthias desapasionadamente.

Pero su calma no se contagió a Frankie.

—¿Así de sencillo?

—No tiene por qué ser complicado.

—¿No habías dicho que ibas a casarte? ¿No tendrá nada que decir tu prometida?

—Todavía no he seleccionado esposa.

Frankie pensó que iba a estallarle la cabeza.

—¿Seleccionar esposa? Suena como si se tratara de elegir al azar la carta de una baraja.

—No tiene nada de azar —dijo Matt, negando con la cabeza—. Cada una de las mujeres ha sido elegida por sus cualidades para ser mi esposa.

—Pues vuélvete a tu maldito país y cásate con una de ellas.

Matthias deslizó la mirada por su cuerpo y Frankie sintió que se le ponía la carne de gallina.

—Piénsalo un momento —dijo él finalmente—. ¿Qué pasaría si volviera a Tolmirós y me casara con otra?

Ella se convertiría en la reina y en la madre adoptiva de Leo. Porque te aseguro que voy a luchar por su custodia, y a ganarla –Frankie sintió un escalofrío porque supo que no mentía–. Ganaré y lo criaré. ¿No preferirías evitar una guerra por su custodia, una batalla pública que vas a perder seguro? ¿No preferirías simplemente casarte conmigo?

–¿Simplemente? –aquello no tenía nada de simple–. Lo que preferiría es que desaparecieras de nuevo.

Matthias emitió un sonido parecido a una risa sin un ápice de humor.

–Lo que prefiramos da lo mismo dada la situación en la que nos encontramos. Tengo un hijo, un heredero. Y debo llevármelo conmigo a casa. ¿No lo entiendes?

La ciudad brillaba como miles de gemas contra un terciopelo negro. Frankie tragó, deslizando los ojos ansiosamente por la vista mientras su cerebro intentaba buscar una alternativa.

–Pero el matrimonio es tan…

–¿Sí?

–Es demasiado –Frankie se volvió hacia él y el corazón le saltó en el pecho.

¿Casarse con aquel hombre? Imposible. Matt había personificado muchas de sus fantasías, pero el deseo que con el tiempo, de haber recibido la atención apropiada, podía haberse convertido en amor, se había transformado, en su ausencia, en resentimiento.

Se lo había tragado la tierra y ella había conseguido asumirlo.

De pronto aparecía y ¿esperaba que se casara con él?

–No sé por qué. La gente lo hace todo el tiempo –dijo él, sirviendo dos whiskys y dándole uno a Frankie, quien, aunque no acostumbraba a beber, lo aceptó sin parpadear.

–¿Qué hacen todo el tiempo? –preguntó sin conseguir aclararse la mente.

–Casarse por razones prácticas.

Fue el turno de Frankie de hacer un ruido entre la risa y el gemido.

–La gente se casa porque se ama –lo contradijo con vehemencia–. Porque quieren compartir su vida. Porque han encontrado a la persona con la que quieren compartir su futuro.

Frankie se expresó apasionadamente, desde la profundidad de su alma; eran palabras que lo significaban todo para ella. Pero a medida que pronunciaba cada una, Matthias parecía alejarse de ella. Su rostro se crispó hasta que sus facciones se endurecieron y sus ojos parecieron dos ascuas.

–¡Qué idea tan fantasiosa! –dijo él finalmente–. Pero no tiene nada que ver con lo que te estoy ofreciendo.

Era tan insultante que Frankie resopló de impaciencia.

–Tampoco es lo que te pido. Me refiero a que el matrimonio sí tiene un significado.

–¿Por qué? –preguntó él mirándola fijamente y dando un paso hacia ella–. ¿Por qué no basta con que sea lo más lógico?

Frankie negó con la cabeza, desviando la mirada para poder pensar racionalmente.

–Lo lógico sería pensar cómo vamos a arreglar esto –pensar en compartir a Leo le resultaba doloroso, pero sabía que debía hacerlo por el niño–. Eres su padre, y siempre pensé que debías formar parte de su vida. Para empezar, puedo llevar a Leo a visitarte a Tolmirós y que poco a poco vaya asimilando la idea de ser el heredero al trono. Incluso es posible que él mismo quiera pasar más tiempo contigo. Y tú podrás venir a verlo siempre que estés en Nueva York, por supuesto –sí, así todo quedaba en orden. Satisfecha consigo misma, Frankie concluyó–: No hay ninguna necesidad de que nos casemos.

–Te equivocas –replicó Matthias al instante–. Y debemos celebrar la ceremonia este mes. Tanto tú como Leo tenéis mucho que aprender sobre mi pueblo.

–Espera un momento –exclamó Frankie alzando las manos–. No puedes hablar como si ya estuviera decidido que voy a casarme contigo. ¡No puedes obligarme a hacerlo!

–¿Estás segura? –preguntó él en tono amenazador.

–Por supuesto que sí. ¿O es que crees que no soy capaz de tomar mis propias decisiones?

–Al contrario. Por eso mismo pienso que vas a tomar la mejor decisión posible. Pero te advierto de que al margen de lo que pienses o sientas, no tengo la menor intención de dejar el país sin mi hijo. Sería mucho mejor para todos si tú nos acompañaras como mi prometida.

Frankie contuvo el aliento ante la brutalidad que implicaban aquellas palabras.

–¿Estás amenazando con quitármelo?

–Te estoy pidiendo que te cases conmigo.

–Más bien ordenándomelo.

–Pidiéndotelo –corrigió Matthias, aproximándose hasta casi tocarla y usando un tono dulce, como si quisiera ahuyentar sus temores–. Te estoy pidiendo que seas razonable, y que no me obligues a luchar por mi hijo.

Frankie sintió un frío helador al tener la certeza de que Matt cumpliría su amenaza. Aunque tenía unos ahorros y sus padres adoptivos vivían confortablemente, no eran ni mucho menos ricos. No podría contratar a un abogado del nivel que sería necesario para defenderse del de Matthias. De hecho, quizá él, por ser rey, tenía un privilegio diplomático por el que no necesitaría ni tan siquiera llevarla a juicio.

–¡Eres un bastardo! –exclamó. Y, al retroceder, se chocó contra el frío cristal del ventanal que había a su espalda.

–Soy el padre de un niño de dos años y medio, cuya existencia no conocía hasta hace unas horas. ¿Tan irracional te parece que quiera criarlo?

–Lo irracional es que quieras que nos casemos.

–Yo lo deseo tan poco como tú –Matthias resopló y sacudió la cabeza–. Aunque no es del todo verdad: sigo deseándote. Esta noche he venido porque estaba pensando en nuestro fin de semana juntos y quería volver a acostarme contigo.

Frankie se mordió la lengua para reprimir la palabrota que le subió a los labios.

–¿Cómo te atreves? ¿Después de todos estos años pensabas que te bastaba con aparecer para que cayera rendida a tus pies?

–Así fue entonces –apuntó él con una insufrible arrogancia.

Frankie habría querido abofetearlo.

–¡Porque no te conocía!

–Tampoco me conoces ahora –dijo él aproximándose y hablando con una suavidad que estaba cargada de sentido común, como si quisiera hacerla caer bajo su hechizo.

Su proximidad le aceleró el corazón a Frankie y sus mejillas se sonrojaron, pero hizo lo posible por disimular el efecto que tenía sobre ella.

–No sabes que soy un hombre que ha ganado casi todas las batallas que ha librado. Ni que estoy acostumbrado a conseguir lo que quiero. No sabes que tengo la fuerza de diez ejércitos a mi espalda, la riqueza de una nación a mis pies y el corazón de un guerrero en mi pecho.

Dio un paso más adelante y, posando los dedos en la mejilla de Frankie, la miró fijamente.

–¿Crees que no sé que consigues lo que quieres? –dijo ella, alegrándose de sonar sarcástica–. Aquel fin de semana decidiste tenerme y fíjate lo que ha pasado.

Fueron las palabras equivocadas. Al instante la asaltaron los recuerdos de las deliciosas horas que habían pasado juntos. Con su cuerpo tan próximo, tan fuerte, tan ancho, la tentación de alzarse de puntillas y buscar con sus labios el lóbulo de su oreja, la línea de su mentón y finalmente aquellos voluptuosos labios, la dejó casi sin respiración. Su espíritu de artista no pudo evitar concentrarse en aquellos labios perfectos mientras los esculpía mentalmente.

–No estás saliendo con nadie –no se trató de una pregunta, sino de una afirmación.

–¿Qué te hace pensar eso? –preguntó ella ofendida.

Había algo enigmático y peligroso en la mirada de Matthias, algo que hablaba de promesas y de deseos. Algo que le paró el corazón y le calentó la piel.

–No reaccionas a mí como una mujer que estuviera enamorada de otro hombre.

Frankie tomó aire, pero el oxígeno no le llegó a los pulmones.

–¿Qué quieres decir?

Matthias esbozó una sonrisa burlona.

–Que me miras con expresión hambrienta. Que tiemblas porque estoy cerca de ti –deslizó los dedos hasta la base del cuello de Frankie, donde le latía el pulso, y ella maldijo a su cuerpo por traicionarla–. No deseas casarte conmigo, Frankie, pero deseas volver a estar conmigo casi más de lo que necesitas respirar.

¡Que fuera verdad no significaba que estuviera bien! Además, había una diferencia entre los instintos animales y las decisiones inteligentes. ¡Ella no iba a ser tan estúpida como para ser la víctima de su magnetismo sexual! No por segunda vez. Por más que ya empezara a quedar atrapada en su red....

—No —dijo con firmeza, desplazándose a un lado y enorgulleciéndose de su aparente determinación, aunque le temblaran las piernas y se le hubieran endurecido los pezones—. Y que no esté saliendo con nadie no significa que esto no sea una locura. No voy a casarme contigo.

Matthias le dio la espalda y recorrió la habitación con una tensión que se percibía en todos sus músculos. Ella lo observó temblorosa mientras intentaba ordenar sus confusos pensamientos.

—¿Qué otra opción tenemos? —preguntó él finalmente, todavía de espaldas a ella. Miraba por la ventana y en su voz había una amargura que angustió a Frankie—. ¿Qué otra opción? —repitió—. Tengo un hijo. Es un príncipe y de él depende el destino de mi país. Tengo que llevarlo a casa. Se lo debo a mi gente —dijo con firmeza. Luego se pasó la mano por el cabello y se volvió hacia Frankie—. Y tú se lo debes a Leo, Frankie —la miró fijamente con una expresión abierta y sincera—. Tú quieres criarlo conmigo, ¿verdad?

Consciente de que Matthias tenía razón, Frankie sintió una presión en el pecho.

—Quiero criar a mi hijo feliz y bien adaptado, que se sienta amado por sus padres —dijo finalmente—. Eso no significa que tengamos que casarnos.

—Cuando nos conocimos, me hablaste de tu infancia —dijo él con una firme dulzura—. Me hablaste de las tardes de verano en la montaña; de los juegos de mesa en invierno; de la lectura frente a la chimenea. Me dijiste cuánto echabas de menos tener un hermano o una hermana, que soñabas con tener una gran familia en la que hubiera mucho ruido y alegría. Dijiste que tu familia lo era todo para ti. ¿Quieres privar a nuestro hijo de todo eso?

Frankie lo observó consternada porque, por más que le irritara, Matthias tenía razón. Eso era lo que ella siempre había querido desde el instante en que había experimentado la primera sensación de rechazo; desde que había comprendido que la adopción y el abandono iban de la mano. Si había unos padres dispuestos a aceptarla era porque otros habían elegido abandonarla.

Cerró los ojos y dejó escapar un sonido gutural.

Matthias observó su bello rostro y, viendo que empezaba a quebrar su voluntad, siguió presionándola.

—Cásate conmigo por el bien de nuestro hijo. Desde el momento en que fue concebido, lo que queramos tú o yo es secundario; tenemos la obligación de actuar de acuerdo a su mejor interés.

Frankie estaba de acuerdo con cada una de aquellas palabras. Y de pronto la fuerza que la atraía hacia el matrimonio se hizo inevitable. Supo que acabaría por acceder, pero todavía no estaba dispuesta a admitirlo.

—Es demasiado —susurró ella, mirándolo entre la confusión y la desconfianza—. Incluso si fueras una persona... normal, sería absurdo casarme contigo. Pero además eres rey, y yo soy la mujer menos apropiada para ocupar una posición como esa.

—Tu papel principal sería el de esposa y madre de mis hijos. No tendrías demasiados deberes como reina. De todas formas, creo que te infravaloras.

Pero Frankie había dejado de escuchar después de una de sus palabras.

—¿Hijos? ¿En plural?

—Uno no es suficiente —dijo él. Y su rostro adoptó un gesto de preocupación que Frankie no entendió.

—Yo no quiero tener más hijos.

—¿No te gusta ser madre?

—Claro que sí. Adoro a Leo. Y, si bastara con poner

un huevo, tendría cuatro más. Pero desafortunadamente, para proporcionarte más herederos tendríamos que...

—¿Que...? —preguntó Matthias con una sonrisa burlona.

—¡Cállate! —le espetó Frankie, masajeándose las sienes.

—Vamos a casarnos —dijo Matthias, como si diera por sentado que ya había aceptado—. ¿No crees que deberíamos tratar la cuestión del sexo?

Que pudiera aparentar tal calma en medio de una conversación tan turbadora enfureció a Frankie.

—Si es que nos casamos —puntualizó—, el sexo no formaría parte del acuerdo.

Matthias se rio.

—¿De verdad?

—De verdad. Y no tiene ninguna gracia. El sexo, como el matrimonio, debería significar algo. Te ríes como si lo que digo fuera una estupidez, y no lo es.

—Eres una ingenua —Matt sacudió la cabeza—. Como la virgen inocente de hace tres años. El sexo es una función biológica, dos cuerpos buscando el placer mutuo. El matrimonio es una alianza que beneficia a ambas partes. Hasta quienes lo ocultan tras palabras como «almas gemelas» o «amor» lo saben.

—¿Qué palabras usarías tú?

—Conveniencia, compañía, sexo.

—¡Cómo es posible que seas tan cínico!

—Soy más realista que cínico —Matthias se encogió de hombros—. Algún día verás las cosas como yo, Frankie.

—Espero que no.

—No seas tan negativa —dijo Matthias. Se acercó a ella y Frankie tuvo la sensación de que el tiempo se detenía mientras se le aceleraba el corazón y se sentía atrapada por la intensidad de su mirada—. Seguro que disfrutarás de algunos aspectos de ser mi esposa.

Frankie tragó saliva.

—Te equivocas.

Matthias dejó escapar una risa seca e inclinó la cabeza para acercar sus labios a los de ella.

—En lo que concierne a las mujeres y al sexo, nunca me equivoco, Frankie.

Frankie habría querido resistirse, demostrar que podía. Pero cada célula de su cuerpo quería que la besara. Alzó las manos a su torso y le recorrió el musculoso abdomen. Los recuerdos de cómo había sido aquella noche la asaltaron, y un gemido escapó de su garganta cuando él la atrajo hacia sí por las nalgas para hacerle sentir su erección. Ella entonces echó la cabeza hacia atrás para facilitarle el acceso a sus labios. Y él le demostró que sus objeciones eran absurdas porque podía vencer su resistencia como si fuera un muro de papel.

Entonces Matthias levantó la cabeza y se separó, con la respiración tan entrecortada como la de ella.

—No tengo la menor intención de hacer de tu vida una tortura, Frankie. Durante el día, apenas me verás.

Ella sentía el pulso acelerado; su cuerpo temblaba de deseo.

—¿Y por la noche? —susurró.

—Por la noche no podrás vivir sin mí —dijo él, acariciándole la mejilla.

Matthias miró a su hijo y el corazón le golpeó el pecho. El niño era la viva imagen de Spiro, tal y como había percibido al ver su retrato.

—Hola —se acuclilló para ponerse a su altura—. Tú debes de ser Leo.

No conseguía sonreír porque sentía un líquido ácido recorrerle las venas por el tiempo que se había perdido de la vida del niño.

–Vamos a ir a una aventura –dijo, poniéndose en pie y mirando a Frankie con toda la rabia que sentía en aquel momento.

La noche anterior había querido hacerle el amor. En aquel instante solo la odiaba por el tiempo que había disfrutado de Leo sin que él ni tan siquiera supiera de su existencia.

–Vamos, Leo –dijo, teniendo cuidado de que su voz no reflejara su mal humor–. Nos vamos juntos a vivir una aventura.

Capítulo 4

AUNQUE SE le contrajo el estómago cuando el avión inició el descenso sobre el Mediterráneo, Frankie sabía que no era tanto un efecto del cambio de altitud como del hombre que estaba sentado frente a ella. Matthias destacaba incluso en medio del lujoso interior del avión privado. Era imponente. Intimidante. Y pronto sería su marido.

El recuerdo de su último beso, con ella contra la pared, tanto literal como metafóricamente, le elevó la temperatura.

El mar centelleaba como un hermoso espejismo, y estaba salpicado por docenas de pequeñas islas rodeadas por un anillo de arena blanca.

—Eso es Tolmirós —dijo él, hablando por primera vez desde que empezaron el viaje.

El silencio había sido abrumador, pero Frankie había estado absorta en sus preocupaciones, a la vez que se preguntaba cómo era posible que hubiera seguido a aquel hombre a su reino, y ¡accedido a ser su esposa!

—¿Cuál de las islas?

Él la miró pensativo.

—Todas ellas. Tolmirós está formado por cuarenta y dos islas de distintos tamaños; una de las más grandes es Epikanas —dijo, señalándola.

Frankie miró en la dirección que indicaba mientras intentaba ignorar lo próximo que estaba Matthias y su masculina fragancia.

–Epikanas –repitió.

–Lo pronuncias muy bien –dijo él, sonriendo–. Tendrás un profesor para aprender nuestra lengua –se reclinó en el asiento. El avión se sacudió con una pequeña turbulencia–. Epikanas es la isla principal. Allí está mi palacio, es el centro de gobierno y de los grandes negocios, donde residiremos la mayoría del tiempo.

Frankie asintió distraídamente y se arrepintió de volverse a mirarlo cuando lo encontró observándola fijamente. Entonces giró la cabeza al otro lado del pasillo, donde había reclinado un asiento para formar una cama en la que dormía Leo profundamente.

Al mirarlo se le encogió el corazón porque sabía que, aunque había tomado una decisión arriesgada para sí misma, era la correcta para Leo. No podía negarle la seguridad de una familia. Cerró los ojos un instante al pensar en el único recuerdo que le quedaba de su madre biológica, una vaga imagen de una silla amarilla, una habitación luminosa y una suave brisa removiendo los visillos. Su madre la había tomado en brazos y la había abrazado; olía a limón y a jabón. Y el recuerdo se desvaneció, como los padres que no la habían querido. Por más que lo había intentado, que se esforzaba por desenterrar recuerdos de su primera infancia, estos la eludían.

Una determinación prendió en su interior. Leo jamás pasaría por algo así; nunca se sentiría rechazado. Inconscientemente, alzó la barbilla en un gesto desafiante. Por el bien de su hijo, haría lo que fuera necesario.

–Lo que estamos sobrevolando es Puerto Kalamathi, en el pasado un importante bastión en las operaciones navales –explicó Matthias, como si intuyera por dónde iban sus pensamientos–. Ahora acoge el mejor colegio de Tolmirós, al que irá Leo cuando llegue el momento.

Frankie miró y vio una isla rodeada de un mar turquesa. En el centro, había edificios vetustos y grandes jardines. No pudo evitar pensar si no estaba demasiado lejos del palacio, pero, dado que Leo era muy pequeño, en aquel momento tenía otras preocupaciones más inmediatas.

—¿Qué va a pasar ahora? —preguntó, entrelazando los dedos sobre el regazo para transmitir un aire de calma.

Matthias pareció aliviado de que estuviera dispuesta a hablar sensatamente.

—He pedido al servicio de seguridad que aleje a la prensa que suele esperar en el aeropuerto. Solo nos recibirán el chófer y mi seguridad personal.

—¿Siempre llevas guardaespaldas?

—Siempre.

—Aquel fin de semana, no.

—Entonces solo era príncipe —dijo él con melancolía—. Solo era un joven huyendo de su destino.

Frankie lo miró pensativa.

—¿No dijiste que tu tío fue rey hasta que cumpliste los treinta años?

—Rey, no. La línea de sucesión se rige por normas ancestrales. Mi tío era el *prosorinós*. Una especie de regente.

—¿Y si tú también hubieras muerto? —preguntó Frankie, y enrojeció al darse cuenta de lo insensible que era la pregunta.

A él no pareció importarle.

—Entonces sí habría sido rey.

Frankie ladeó la cabeza.

—Tenía entendido que el guardián legal de un heredero no podía ocupar su puesto, para así evitar que el interés propio dé lugar a intrigas y actos criminales.

—Así es también en Tolmirós. Mi tío no era mi guardián legal. De hecho, durante ese tiempo solo me permitieron verlo un par de veces al año.

Frankie reflexionó unos segundos antes de preguntar con el ceño fruncido:

–¿Era tu único familiar con vida? ¿No tenías ni primos, ni tía?

–No. Él nunca se casó.

–¿Y no te dejaban verlo?

Matthias se encogió de hombros como si no tuviera importancia.

–No podía ser de otra manera.

Frankie estaba horrorizada.

–¿Y quién te crio?

–Cuando murió mi familia, tenía quince años. Ya estaba «criado».

–¿Crees que eras ya todo un hombre? –Frankie sintió compasión por el adolescente que se había quedado solo.

–Estaba estudiando en el colegio, en Puerto Kalamathi –Matthias miró por la ventanilla–. Volví y permanecí allí hasta los dieciocho años.

–¿Interno?

Matthias asintió

–¿Y después? –Frankie no podía contener su curiosidad.

–Entré en el ejército,

A Frankie no le sorprendió porque, desde cuando lo conoció, había pensado que parecía un guerrero. Un troyano redivivo.

–¿Te gustó?

Matthias hizo una pausa antes de contestar.

–Sí.

–¿Por qué?

–Tolmirós es un país pacífico, pero aunque nunca participemos en ninguna guerra, nuestro entrenamiento militar es uno de los mejores del mundo –se encogió de hombros–. Allí aprendí a ser disciplinado e independiente.

–Tengo la impresión de que ya lo eras antes de pasar por el ejército.

–Es posible.

Guardaron silencio unos segundos en los que solo se oyó el murmullo de los motores.

—¿Cómo se va de una isla a otra? —preguntó Frankie.

—Tenemos una extensa red de ferries. Mira —Matt señaló y Frankie vio docenas de barcos—. ¿Ves cómo las islas parecen brillar? —preguntó—. Tolmirós es conocido como el Reino Diamantino porque cada isla es como una joya en medio del mar.

Frankie asintió, pensando que era una descripción acertada. El avión continuó su descenso hasta que dio la impresión de emerger del mar una franja de tierra en la que se intuía una pista de aterrizaje bordeada de flores rojas. El avión aterrizó suavemente y Frankie miró instintivamente a Leo con el corazón acelerado, que seguía durmiendo apaciblemente.

Podía sentir la mirada de Matthias fija en ella, atrayéndola como una fuerza magnética. Lentamente, por voluntad propia, sus ojos se alzaron hacia él y sintió una sacudida en el alma al contemplar al hombre por el que había perdido la cabeza tres años atrás, un hombre que era mucho más que eso, un rey, el gobernante de un pueblo, con todo lo que ello implicaba.

¿No había intuido ya entonces en él un poder latente? ¿No había intuido que era alguien acostumbrado a mandar?

Matthias la observaba con una intensidad y un deseo que le aceleró el corazón.

—¿De verdad intentaste localizarme? —preguntó súbitamente.

—Me resultó imposible.

—Eso era lo que pretendía.

Frankie recibió esas palabras como una puñalada.

—Te resultó más fácil olvidarme que a mí olvidarte a ti —se limitó a decir.

Él fue a decir algo, pero desvió la mirada hacia Leo. El niño empezaba a desperezarse y Frankie sonrió.

—¿Mamá?

El avión rodaba ya por la pista. Frankie se soltó el cinturón de seguridad, desabrochó el de Leo y lo sentó en su regazo.

—¿Dónde estamos?

—En un avión. ¿Te acuerdas?

Leo estaba medio dormido cuando embarcaron.

—No. ¿Quién es ese? —preguntó, señalando a Matthias.

—Un amigo de mamá —dijo ella, precipitadamente.

—Soy tu padre, Leo —dijo Matthias por encima de la cabeza de Frankie.

Ella se volvió indignada.

—¿Mi padre? —Leo los miró alternativamente, parpadeando.

—Tu papá.

Matthias habló con dulzura, pero Frankie le sostuvo la mirada, decidida a hacerle saber que no pensaba dejarse avasallar.

—¿Papá? —Leo abrió los ojos desmesuradamente mirando a Frankie—. ¡*Tú dices papá muy bueno*!

A Frankie se le encogió el corazón. Le había dicho eso y muchas otras cosas. Había inventado un padre del que Leo pudiera sentirse orgulloso para que creyera que un hombre maravilloso había participado en su creación aunque no pudiera formar parte de su vida.

—Vamos a pasar un tiempo con papá —dijo, ignorando la mirada acerada que le dirigía Matthias—. ¿Te gusta la idea?

Leo sacudió la cabeza enérgicamente y Frankie ocultó una sonrisa en el cabello de su hijo, con la íntima satisfacción de que el rey Matthias comprobara que no siempre conseguía lo que quería.

—¿Estás seguro? —preguntó él como si no le afectara

ser rechazado–. Porque tengo una piscina al lado de mi dormitorio y puedes usarla cuando quieras.

Leo ladeó la cabeza hacia su madre en un gesto tan parecido a Matthias que a Frankie se le encogió el corazón.

–¿*Qué es piscina*?

Matthias miró a Frankie perplejo.

–¿No lo sabes? Es como una bañera gigante. El agua está caliente y salada, y puedes patalear y salpicar todo lo que quieras.

–*Mami dice no salpicar en bañera*.

Matthias miró fijamente a Frankie. Ella suspiró y dijo:

–En la piscina sí se puede salpicar.

Ante tal excepción a una norma, Leo dio saltitos de alegría.

–¿Y sabes qué? –Matthias se inclinó hacia delante y sonrió con la expresión que dejaba a Frankie sin aliento–. Vivo al lado de la playa y puedes ir a nadar siempre que quieras.

Leo aplaudió entusiasmado.

–¿Qué otras cosas te gusta hacer?

Leo empezó a parlotear y Matthias escuchó y asintió, aunque Frankie sabía que no entendía la mitad de lo que decía.

El avión finalmente se paró y la tripulación abrió la puerta. Un calor húmedo reemplazó el aire acondicionado del interior. Frankie respiró profundamente la brisa marina a la vez que apoyaba la cabeza en el asiento, confiando en que el aire la recorriera por dentro y le devolviera la calma.

No le quedaba otra opción que casarse con Matthias. Había llegado a entender que la idea tenía sentido. Él no era un mero hombre, sino un rey, y ella había sido tan estúpida como para acostarse con un desconocido; no había necesitado saber nada de él para dejarse llevar por el intenso deseo que había despertado en ella y al que no había querido renunciar. Así que habían acabado en la cama; él había actuado con tanto encanto y delicadeza, era tan experto, que cualquier freno o moderación en ella se habían evaporado.

Suspiró. No tenía sentido analizar un pasado del que no podía arrepentirse porque le había dado a Leo. Tampoco podía arrepentirse de haberse acostado con Matthias porque había sido una de las mejores experiencias de toda su vida.

¿Quería repetirla? Por un instante se permitió imaginarse un futuro de apasionadas noches con él, y sintió un húmedo calor entre los muslos.

Oyó un rumor de voces extranjeras y al abrir los ojos vio que Matthias la observaba mientras Leo seguía parloteando. Se ruborizó y tuvo la certeza de que adivinaba lo que estaba pensando, y que también él sentía el mismo ardiente deseo.

Frankie miró por detrás de él y vio a una mujer, esperando junto a la puerta con varias prendas de ropa en el brazo. Matthias se dirigió a los sirvientes en su lengua y a Frankie le fascinó la actitud reverente con la que lo escucharon.

—Esta es Marina —dijo a Frankie—. Te ayudará a prepararte.

—¿A prepararme para qué?

—Para ir al palacio.

—Pero si estoy preparada…

Matthias la miró de arriba abajo y aunque Frankie llevaba su vestido favorito le hizo sentir como si se hubiera puesto un saco de patatas.

—¿Qué pasa? —preguntó airada.

—Eres mi prometida y futura reina de Tolmirós. Estarás más cómoda vestida adecuadamente.

Frankie se mordió el labio inferior y se puso en pie con Leo en la cadera.

–Siento no estar a la altura de tus expectativas, Majestad –dijo sarcástica.

–Mis expectativas son lo de menos –repuso él con calma–. Pero es lo que se espera de ti y de Leo.

Hizo una señal a una mujer mayor para que se aproximara. A Frankie le gustaron su rostro y su sonrisa al instante.

–Esta es Liana –dijo Matthias.

Aunque él la miró con gesto impasible, Frankie percibió que Liana lo observaba a él con una emoción que no supo descifrar. Entonces se puso seria, pero en cuanto volvió la mirada hacia Leo se le iluminó el rostro.

–Liana fue mi niñera –explicó Matthias al tiempo que esta se acercaba a Leo, chasqueando la lengua. El niño sonrió y aplaudió, y Liana le imitó riéndose.

–¿Puedo…? –preguntó, dirigiéndose a Frankie, pero sin apartar los ojos de Leo.

–Yo… –Frankie no quería separarse de Leo.

Miró a Matthias y él debió de percibir su temor, porque se tensó y, hablando con calma, como si Frankie fuera un caballo nervioso, dijo:

–Liana le pondrá a Leo una ropa más apropiada mientras tú haces lo mismo.

Frankie sintió el impulso de rebelarse.

–Me habías dicho que no habría fotógrafos.

–Y así es. Pero habrá personal y te mirarán como a su futura reina. ¿No quieres vestirte como una princesa?

–No particularmente –dijo ella con desdén. Y dirigiéndose a Liana, añadió–: Prefiero quedarme con Leo.

Matthias parecía dispuesto a insistir, pero tras unos segundos dijo:

–Como quieras.

En cuanto llegaron al palacio, Frankie lamentó haber sido tan testaruda. Por muy elegante que fuera su vestido, comparado con la lujosa grandeza que la rodeaba, parecía un trapo.

El palacio estaba situado entre la ciudad y el mar, y formaba una plaza a la que la limusina accedió por un arco. En cuanto el vehículo se detuvo, desenrollaron una alfombra azul que conducía a una doble puerta de cristal que estaba abierta. Hasta esta, los sirvientes habían formado un pasillo, los hombres con traje de chaqueta y las mujeres con vestidos. Muchas con guantes blancos y delantales.

Todos tenían un aspecto más elegante que ella. Incluso Leo, que parecía un príncipe con unos pantalones grises cortos, calcetines y zapatos azules resplandecientes y una camisa blanca de manga corta con botones perlados; y que estaba peinado con raya a un lado, tan precisa, que solo un rizo caía sobre su frente.

Los tres estaban sentados en el coche y Matthias la observaba atentamente pensando en cómo, cuando la había poseído, al descubrir que era virgen, la había mirado a los ojos y le había susurrado en su lengua palabra dulces con las que había reemplazado el dolor con placer, y ella había acabado gimiendo su nombre una y otra vez. En ese momento la miró con el mismo deseo que había sentido dos noches atrás, cuando habría querido dejar de hablar sobre cuestiones de Estado y dar rienda suelta al insaciable anhelo que aquella mujer despertaba en él y que se proponía explorar en el futuro.

—Bueno, Frankie —dijo como si paladeara las palabras, igual que ansiaba probar su piel, succionar sus pezones. Carraspeó, diciéndose que debía ser paciente—. ¿Estás lista?

—No creo que decir que «no» sirva de nada —declaró ella, sonriendo con aprensión.

Matthias frunció los labios al comprender que Frankie estaba nerviosa, que lo retaba porque estaba a punto de saltar desde un precipicio. Se inclinó hacia ella y vio un destello de deseo en sus ojos que ella intentó disimular con un gesto arisco.

–Tenemos que hacerlo –dijo, a la vez que sentía lástima por ella por que tuviera que renunciar a su libertad, incluida la de casarse con un hombre por amor, tal y como deseaba.

–Entonces, ¿para qué me lo preguntas? –replicó ella contrariada.

En ese momento Leo la miró y, poniendo su manita sobre la de ella, dijo:

–¿*Mamá bien*?

–Sí, cariño,

Y el gesto y la sonrisa que Frankie dedicó a su hijo conmovió a Matthias.

La puerta se abrió y él dejó pasar unos segundos mientras observaba a su hijo y a su futura esposa. Entonces dijo:

–Adelante.

Una sencilla palabra, pero que representaba cruzar una frontera invisible de la que no podría volver. Cuando bajara del coche, dejaría atrás su vida privada. Ya no sería una prometedora artista de Nueva York, sino la prometida del rey Matthias, futura reina y madre del heredero.

Pero no había remedio. Matthias se había descrito como realista, y había también en ella un considerable grado de realismo; o tal vez de fatalismo, pensó Frankie cuando Matthias, ya fuera del coche, se volvió con los brazos extendidos. Quería a Leo.

Frankie tenía la garganta seca y el pulso acelerado. No tenía sentido resistirse, especialmente cuando salir del coche con el niño en brazos era complicado. Por otro lado, si Matthias llevaba a Leo, toda la atención se centraría en ellos dos y nadie la miraría a ella.

—Ve con... papá —dijo en tensión, besándole la cabeza y acercándolo a la puerta.

Matthias lo tomó por el tronco y Frankie se deslizó sobre el asiento hacia la puerta. Los sirvientes le lanzaron miradas de soslayo. Claramente no podían mirar directamente, pero les resultaba imposible contener la curiosidad.

—¿Mamá?

—Voy contigo —prometió ella.

Y no mentía. Tenía claro que Matthias jamás dejaría ir a Leo y que si ella quería formar parte de la vida de su hijo tendría que aceptar compartirlo con su padre.

Sintiendo los nervios a flor de piel, pero componiendo una expresión que aparentara serenidad, bajó del coche.

Los ojos que hasta entonces se habían mantenido al frente, se volvieron hacia ella como docenas de focos. Todo el mundo la miraba y Frankie intuyó que pensaban: ¿por qué ella entre todas las posibles?

Con el corazón encogido, arrepintiéndose de no ofrecer un aspecto más mayestático, supo que no tenía más remedio que enfrentarse al momento. Cuadrándose de hombros, compuso una sonrisa con la que confió en transmitir felicidad... en lugar del terror que sentía.

Matthias la desconcertó al tomarla por la cintura. Alzó la mirada y él, con gesto triunfal, susurró:

—Bienvenida a tu hogar, *deliciae*.

Frankie tuvo solo un segundo para preguntarse qué querría decir aquella palabra que sonaba tan dulce. Y entonces él la besó y Frankie se sintió trasladada al pasado, a un instante en el que había necesitado sus besos tanto como respirar.

De pronto se sintió superada por las circunstancias. Los nervios la tenían en una insoportable tensión y aquel beso fue una mezcla de alivio, agonía y éxtasis. Su cuerpo se inclinó hacia él por propia voluntad, como embriagado. Como implorando más. Fue un beso breve y casto, y aun así, bastó para prender las llamas que Frankie creía extinguidas, con tal violencia que temió no poder apagarlas.

Matthias alzó la cabeza y la miró con ojos chispeantes. Ella se sonrojó, avergonzada.

—¿Por qué lo has hecho? —preguntó, llevándose los dedos a los labios.

La risa seca de él fue como una descarga eléctrica en la espalda de Frankie.

—Porque estabas nerviosa —susurró Matthias—. Y no se me ocurría otra manera de tranquilizarte.

Que Matthias intuyera tan acertadamente su estado de ánimo le formó un nudo en el estómago a Frankie; que tuviera la capacidad de convertir su sangre en lava, la irritó. En tono airado, musitó:

—¿Y si no quisiera que me besaras? —ante la risa despectiva de Matthias, Frankie añadió—: ¿Qué te hace tanta gracia?

—No deberías hacer afirmaciones falsas.

—¿Qué quieres decir?

Matthias acercó su rostro al de ella y dijo:

—Que voy a disfrutar haciendo que te tragues esas palabras —y le dio un beso que fue tanto una demostración de poder como una promesa.

Una promesa contra la que Frankie sabía que debía luchar, pero a la que temía no poder resistirse.

Capítulo 5

Y ESTA es la residencia privada, señora –dijo el hombre maduro que acompañaba a Frankie, inclinándose para dejarla pasar.

Frankie sentía que la cabeza le daba vueltas y no llevaba ni una hora en el palacio. Estaba tan cansada que apenas podía ni pensar.

La residencia privada era como un ático moderno de lujo, que contrastaba con el resto del palacio, cuyo mobiliario, antiguos tapices y cuadros causaban la sensación de haber viajado al pasado.

–Fue redecorada hace unos años –dijo el sirviente–. ¿Desea la señora que se la enseñe?

–No, gracias –Frankie ansiaba quedarse sola y tomar un café. Sonrió para dulcificar su negativa.

–Como quiera. La habitación del señor Leo no se ha terminado todavía, pero se han hecho muchos progresos –añadió el sirviente, indicando un pasillo con la mano.

Frankie fue en esa dirección y mientras avanzaba, sus ojos de artista captaban numerosos detalles. Las paredes de un blanco suave, como si hubiera sido mezclado con dorados y perlas; los arreglos florales, modernos y fragantes; las fotografías en blanco y negro que decoraban las paredes... Cada rincón resultaba artístico e interesante. Y supuso que era la labor de un diseñador profesional.

–La puerta azul, señora –indicó el sirviente.

Frankie giró el pomo de bronce y empujó la puerta. La habitación apareció ante sus ojos y se le encogió el corazón. ¿Cómo podía haberse planteado rechazar la oferta de Matthias? Aquel dormitorio era la fantasía hecha realidad de cualquier niño. Leo entró detrás de ella y se quedó boquiabierto.

–¿Mía?

Frankie miró a su alrededor, luego al niño, y finalmente dijo:

–Sí.

Y se acercó a la cama, que era de un pálido vainilla, con una suntuosa colcha azul y mullidos almohadones. Un mirador daba a un precioso jardín.

–El huerto del cocinero –dijo el sirviente con orgullo.

La habitación estaba llena de libros y preciosos juguetes de madera, tradicionales. Y, tal y como comprobó Frankie al inspeccionarlos, adecuados a la edad de Leo.

–¿Mío? –preguntó Leo, tomando uno de un estante.

–Sí.

–¡Aquí está!

La voz con un fuerte acento hizo volverse a Frankie, y al ver llegar a una sonriente Liana, sonrió a su vez. A pesar de que no la conocía, aquella mujer le gustaba. Tenía una calidez y una humanidad que Frankie necesitaba en aquellos momentos. Además, se había descalzado y llevaba unos calcetines rosas al final de unos pantalones cómodos, y Frankie aprobó el cambio.

–Hola, Frankie –saludó Liana. Y se ganó aún más a Frankie por usar su nombre y no un título–. ¿Le gusta la habitación?

–Sí, es perfecta. No sé quién lo ha hecho, pero está llena de todo aquello que Leo habría elegido de haber tenido la opción.

–¡No ha pasado tanto tiempo desde que Matthias y Spiro eran unos niños! –dijo Liana, señalándose la cabeza con un dedo artrítico.

Frankie sintió curiosidad.

–¿Spiro?

Pero en lugar de contestar, Liana dijo:

–Vaya, vaya. *Tengo conocer* –señaló a Leo y, cuando el niño la miró, Liana palmeó las manos y las extendió hacia él.

Ante la sorpresa de Frankie, Leo dejó los juguetes y caminó hacia Liana sonriendo de oreja a oreja.

–Le gustas –dijo Frankie.

–Y él a mí –afirmó Liana sonriendo–. Vamos a ser grandes amigos, ¿verdad, pequeño señor Leo?

–Sí –replicó él con entusiasmo.

Liana se volvió hacia Frankie.

–Vaya a descansar. Yo cuidaré de él.

Frankie se debatió entre el deseo de permanecer junto a Leo y la necesidad de estar sola, darse un baño y pensar. Pero al ver a Liana llevarse al niño de la mano y explorar alegremente la habitación, optó por marcharse.

Ya en la puerta, se volvió.

–¿Liana? –la niñera la miró–. Gracias por todo.

–Es un placer –y tras una breve pausa, añadió–: Es maravilloso tener de nuevo un niño en el palacio, *vasillisa*.

El sirviente que la había acompañado al apartamento se había ido, así que Frankie pudo explorar a su antojo, pero lo hizo superficialmente, como si estuviera de visita. Solo así podía olvidar la transformación que había sufrido su vida.

En la entrada había un pequeño vestíbulo. En el pasillo que llevaba al dormitorio de Leo, había también una habitación con sofás y un pequeña mesa de comedor, con una puerta de cristal que daba a un balcón. Por la decoración, Frankie dedujo que se trataba de una salita de estar para el niño.

Otra puerta daba a un precioso cuarto de baño con baldosas blancas, una bañera y una ducha separadas, además de dos retretes, uno normal y uno bajo. La última puerta accedía a otro dormitorio, que Frankie pensó inicialmente que sería ideal para ella. Pero recorriéndolo con detenimiento, descubrió los zapatos de Liana bajo la cama y su chaqueta colgada detrás de la puerta.

¿Así que era el dormitorio de la niñera? Al menos eso significaba que Matthias y ella no serían los únicos ocupando la residencia.

Frankie salió al pasillo y entró en otro salón, mucho más grandioso que el anterior. Unos sofás y sillones tapizados en damasco granate y oro formaban un rincón para seis personas, con una mesa baja de mármol en el centro. Había también una imponente mesa de comedor de nogal para diez comensales. En un rincón había un bar, junto a una librería de roble, y una puerta de cristal que daba a un balcón.

Frankie recorrió la habitación apresuradamente, como si fuera una intrusa. Le costaba imaginarse que pudiera llegar a sentirse cómoda en aquel espacio.

La siguiente habitación le resultó más familiar. Se trataba de un despacho, con ordenadores, libros contemporáneos y un sillón que no parecía una pieza de anticuario. La habitación contigua la animó incluso más. Era una cocina con una pequeña sala anexa, mucho más acogedora, a pesar de que las puertas de cristal daban a una espectacular piscina. Al imaginarse a Matthias nadando en ella, abriéndose paso en el agua con su poderoso cuerpo, se le secó la garganta.

Apartando esa imagen de su mente, volvió a la co-

cina, y estuvo a punto de dar un grito de alegría al ver
una máquina de café. Buscó en los armarios hasta que
encontró las cápsulas, metió una y presionó el botón. El
aroma impregnó el aire y Frankie lo aspiró con placer,
confiando en que la reconfortara.

Con la taza llena entre las manos, continuó el recorrido. Los rayos de sol del atardecer se filtraban por las
ventanas cuando entró en la siguiente habitación; la luz
era tan maravillosa, una mezcla tan perfecta de blanco
lechoso y amarillo Nápoles, traslúcida y frágil, que por
unos segundos su mente quedó en suspenso. Hasta que
algo la sobresaltó.

En medio de la pared opuesta había una gigantesca
cama en tonos grises, con grandes almohadones y
mesillas a ambos lados, carentes de todo objeto personal.

Frankie rodeó la cama con un nudo en la garganta
hacia otra puerta en la que confiaba encontrar otro dormitorio. Pero se trataba de un cuarto de baño, más majestuoso que el de Leo, con una gran ducha con varias
alcachofas en el techo y en los laterales, y desde la que
se veía un huerto de árboles frutales. Los mandos de la
ducha parecían la mesa de control de una nave espacial.

Frankie salió del cuarto de baño como si le hubiera
dado corriente y abrió una última puerta, tras la que
había un vestidor tan grande como su apartamento de
Queens, pero que estaba ocupado solo a medias. Había docenas de trajes, cuidadosamente colgados, se-
guidos de numerosas camisas planchadas a la perfección; algunas ni siquiera estrenadas. También había
ropa informal, que hizo estremecer a Frankie al recordar al Matthias de *antes*, cuando solo era Matt.

Suspirando, se apoyó en un mueble que había en el
centro, una pieza rectangular con cajones. Frankie presionó uno y este se abrió suavemente. ¡Contenía relo-

jes! Al menos diez y todos de aspecto lujoso. Frankie sacudió la cabeza y lo cerró.

Pensar en su vestuario en aquel entorno y en el contraste que habría entre su ropa y la de Matthias le hizo reír. Y como si justo se preguntara cómo conseguiría que se la hicieran llegar de Estados Unidos, la respuesta le llegó en la forma de una elegante mujer que se presentó como Mathilde.

–Voy a tomar sus medidas y a organizar su vestuario –dijo con acento francés.

–¿Mi vestuario?

–Necesitará ropa enseguida, pero no debe preocuparse de nada.

Frankie pensó con melancolía en el café que había dejado en una de las mesillas y en su fantasía de estar un rato a solas y poder relajarse. Porque a Mathilde le siguieron Angelique y Sienna, la peluquera y la maquilladora, que instalaron un salón de belleza en el cuarto de baño.

Mientras la primera le cortaba las puntas y daba forma a su melena, la otra le perfiló las cejas y le pintó las uñas de las manos y de los pies.

–Soy pintora –se justificó Frankie cuando Sienna peleaba con una mancha de óleo en una uña–. Me gusta pintar descalza.

Sienna sonrió con escepticismo y Frankie supuso que no la encontraba a la altura de lo que esperaba de una reina.

Tardaron varias horas, pero, cuando Frankie finalmente se quedó sola, tuvo que admitir que entre las tres mujeres habían hecho un milagro. Se miró en el espejo sin dar crédito a su… majestuoso… aspecto. Aunque llevaba el mismo vestido, su cabello rubio parecía una nube dorada alrededor de su cabeza, y toda ella resplandecía.

Para contrarrestar el agotamiento que sentía, se dio una ducha. Iba ya a ponerse de nuevo el vestido, cuando llamaron a la puerta y, con una exclamación ahogada, se tapó con él pudorosamente.

—¡No entres! —exclamó, con el corazón acelerado al imaginarse que Matthias fuera a entrar y a tomar en sus brazos su cuerpo todavía húmedo.

—Por supuesto que no, señora —la voz levemente indignada de Mathilde le llegó del otro lado—. Solo quería decirle que le dejo algunas prendas en el vestidor.

—Ah, gracias —contestó Frankie con una desilusión que la indignó consigo misma.

—De nada, señora.

Frankie se envolvió en un lujoso albornoz, salió al dormitorio y se dirigió al vestidor. Mirando con gesto de culpabilidad hacia la puerta, se acercó a la ropa de Matthias y la acarició, deleitándose con la suavidad de las telas e imaginándoselas sobre su poderoso cuerpo. Un profundo anhelo despertó en su interior, para el que temió que solo hubiera una solución.

Cuando entró en la cocina, unos minutos después, su fantasía recurrente, Matthias, se materializó ante ella y bastó con verlo para que su deseo prendiera y se le acelerara el pulso. Aunque fuera extraño, fue el primer instante en el que realmente pensó en aquel espacio como el hogar en el que iban a vivir juntos... ¿cuánto tiempo?

—¿Has explorado la residencia? —preguntó él, clavando sus ojos grises en ella.

—Sí —contestó Frankie, acercándose con la mayor calma posible al tiempo que añadía—: Solo he visto un dormitorio.

Él la miró esbozando una sonrisa.

—¿Eso es una pregunta?

—No esperarás que...

—¿Compartas el dormitorio con tu marido?

Frankie movió los dedos en un gesto nervioso, y se obligó a inmovilizarlos.

—Exactamente —dijo, sosteniéndole la mirada.

—¿Vas a volver a fingir que no sientes el mismo deseo que yo?

Frankie fue a protestar, pero no se sintió capaz de mentir después del último beso que se habían dado.

—No —contestó, sin apartar los ojos de él en un gesto desafiante que le infundió valor—. Pero pensar algo y pasar a la acción son dos cosas muy distintas.

A Matthias pareció sorprenderle su sinceridad.

—Tienes razón —se inclinó hacia ella y ella sintió que se le encogía el corazón—. No tienes de qué preocuparte, Frankie. Cuando nos acostemos, será porque tú me lo supliques, no porque yo no pueda contenerme porque compartimos un mismo colchón.

—Yo…

—Solo es una cama —dijo él, haciéndola sentir como una cría—. Y estoy de viaje muy a menudo.

—Yo…

Matthias le puso un dedo en los labios.

—Si con el tiempo no te adaptas, haré que construyan una habitación para ti sola. Solo inténtalo.

Sonaba tan razonable…

—Había asumido que dormiríamos en habitaciones separadas —dijo Frankie, forzando una sonrisa.

Él asintió.

—Me temo que los rumores se propagan como el fuego. No puedo permitir que el servicio cotillee sobre nuestra relación, o que se publique en la prensa amarilla que tú y mi heredero solo sois una fachada.

—Pero es verdad.

—Leo es mi heredero y tú serás mi esposa. Nada de eso es mentira.

Frankie fue a decir algo, pero recordó que había aceptado el plan en los términos de Matthias.

—Mañana conocerás a tu ayuda de cámara —dijo entonces él, cambiando de tema—. Ella te proporcionará todo lo que necesites.

—¿Una ayuda de cámara?

—Sí, tu ayudante principal, la jefa de tu servicio.

—No-no la necesito…

Matthias miró a Frankie con sorna.

—Vas a recibir más de mil invitaciones al año para acudir a eventos sociales. Tendrás cientos de solicitudes para que hables y eleves el perfil de todo tipo de organizaciones sin ánimo de lucro. Todas ellas requieren una contestación, y tú sola no vas a poder decidir a cuál de ellas contestar afirmativamente.

Frankie lo miró perpleja.

—¿Por qué iba a querer tanta gente…?

—Cuando seas la reina, la gente confiará en que el rey te escuche. Vas a tener una posición de poder, y es lógico que haya quien quiera sacar partido de ello.

—Pero el rey no me escuchará —dijo ella, caminando hacia la ventana y contemplando los árboles frutales.

—Eso no lo sabrá nadie. De cara al exterior, seremos un matrimonio enamorado; es lógico que la gente espere que escuche tus consejos.

Frankie sintió una súbita amargura ante la cínica imagen que Matthias dibujaba de lo que para ella había sido siempre un sueño. Pero decidió concentrarse en el presente.

—¿Y mi ayuda de cámara se ocupará de todo eso?

—No, tu secretaria.

Frankie frunció el ceño.

—¿No estábamos hablando de mi ayuda de cámara?

—He dicho que era la jefa de tu personal, que estará

formado por unos diez miembros, aparte del servicio de seguridad.

Frankie se volvió y se arrepintió en cuanto vio a Matthias apoyado en la encimera de la cocina, observándola con una intensidad que le produjo una descarga eléctrica.

–Matt… no quiero todo eso….

–¿Por qué no? –preguntó él, entornando los ojos.

–Se me hace raro. No creo que necesite tanta gente.

–¿Quieres que despida a alguien?

Frankie sacudió la cabeza.

–No, es solo que…

–Tranquilízate, Frankie. Te acostumbrarás, te lo prometo.

–Para ti es fácil porque has crecido así. Es lo normal.

–También lo será para ti en poco tiempo –dijo Matthias y, acercándose, abrió la puerta de cristal.

Una brisa cálida entró desde el exterior y Matthias indicó a Frankie que lo precediera a la terraza. Las baldosas de terracota estaban calientes bajo sus pies. Los árboles frutales emitían una deliciosa fragancia que Frankie aspiró con fruición.

Estaba en un país extranjero con un hombre al que no había visto en años, con el que se había acostado y que era el padre de su hijo y, sin embargo, bajo aquella luz dorada, con el olor cítrico que perfumaba el aire y rodeada de verdes y azules, salpicados por el llamativo rojo de los geranios, se sentía extrañamente cómoda.

–Mi ayuda de cámara se coordinará con la tuya para los planes de boda, que se celebrará dentro de dos semanas.

Frankie se tensó.

–¿Dentro de dos semanas?

Matthias interpretó erróneamente su reacción.

—No ha podido ser antes. Hay que dar tiempo para que organicen su viaje los gobernantes extranjeros, los diplomáticos…

—¿Por qué tanta prisa?

Matthias hizo un rictus.

—Tengo un hijo de dos años que por ser ilegítimo no tiene derecho al trono. Si yo muriera mañana, el país no tendría heredero.

—Pero no hay duda de que eres su padre, podrías adoptarlo… —empezó Frankie.

Matthias la miró perplejo.

—¿Adoptar a mi propio hijo?

—Solo quería decir que tiene que haber alguna otra manera de que legalmente tenga derecho al trono —musitó Frankie.

—Si la hubiera, ¿crees que insistiría en casarme contigo?

Al ver que Frankie palidecía, Matthias se dio cuenta de lo grosero que había sido. Pero él mismo estaba en estado de shock, sin saber bien qué pasos dar. Aun así, Frankie no tenía ninguna culpa, y él admiraba su valor y su fortaleza por haber aceptado ocupar un lugar a su lado.

Exhaló lenta y prolongadamente.

—Me cuesta aceptar que no he sabido de la existencia de Leo en más de dos años —al intuir que el murmullo que escapó de los labios de Frankie era de comprensión, Matthias se animó a seguir—: Las leyes que rigen la sucesión son ancestrales. Al haber nacido Leo fuera del matrimonio, tendremos que hacer un análisis de ADN para certificar ante el parlamento…

Frankie lo interrumpió agitada.

—¿Vas a hacerle a tu hijo una prueba de paternidad?

Matthias la miró sorprendido por su tono de enfado.

—Es imprescindible.

—Me niego.

La rotundidad de su negativa intrigó y alarmó a Matthias por igual. ¿Cabía la posibilidad de que le hubiera mentido respecto a Leo?

—¿Por qué no?

—¡Porque es tu hijo! ¡No podría ser de nadie más, a no ser que se tratara de un caso de inmaculada concepción! —dijo ella con vehemencia—. Y porque basta con veros juntos para saber que tú eres su padre.

Matthias se relajó porque Frankie tenía razón. Leo era un calco de él y de Spiro. Pero entonces su mente se centró en algo que había dicho ella.

—¿Quieres decir que no te has acostado con nadie más?

—Yo…

Frankie cerró los ojos y sacudió la cabeza a la vez que componía un gesto de indiferencia. Matthias había descubierto que se le daba bien ocultar sus sentimientos tras una máscara, y cada vez que se lo había hecho hacer, había ansiado poder arrancársela y averiguar qué había debajo.

—Quiero decir que solo tú puedes ser su padre.

—¿No significa lo mismo?

—No.

Matthias sintió algo oscuro removerse en su interior. No tanto celos como posesividad. No soportaba la idea de Frankie con otro hombre. Jamás.

—¿Ha habido otros hombres? —preguntó a bocajarro. Tuvo la satisfacción de que la máscara temblara.

—¿Qué más te da?

—Me gusta pensar que soy el único que ha disfrutado del placer de tu cuerpo.

Frankie se ruborizó y Matthias no pudo contenerse.

Acercándose a ella, que se apoyaba en la barandilla, posó sus manos a ambos lados de su cuerpo.

—Eso suena un tanto machista, ¿no crees?

Matthias sonrió.

—Sí.

Y para su sorpresa, los labios de Frankie se curvaron en una sonrisa luminosa que prácticamente lo cegó.

—Al menos lo reconoces —dijo.

Matthias continuó mirándola, absorbiendo su belleza. Pero la sonrisa se borró súbitamente y fue reemplazada por una expresión de preocupación.

—¿Le has hablado a Leo de mí? —preguntó él.

—Sí —dijo ella, desviando la mirada.

—¿Le dijiste que era amable? —insistió Matthias, recordando el comentario que Leo había hecho en el avión.

—Quería que pensara que su padre era un hombre bueno, y que estuviera orgulloso de ti.

—¿Por qué? —preguntó Matthias conmovido.

—No quería que pensara que… —Frankie dejó la frase en suspenso.

—Sigue —la urgió Matthias.

—No quería que no se sintiera querido —Frankie carraspeó—. Le dije que eras bueno, amable y divertido. Que vivías lejos, pero que…

—¿Que…? —la animó Matthias impaciente.

—Que cuando mirabas las estrellas, pensabas en nosotros —dijo en un susurro. Y en tono retador, añadió—: Lo hice por él, no por ti.

Matthias sintió una presión en el pecho. Frankie había creado un mito para su hijo. Había hecho lo contrario de lo que habrían hecho muchas mujeres en su posición: lo había alabado para que su hijo quisiera conocer a su padre.

Era imposible no sentir respeto por ella. Ni siquiera estaba seguro de merecer tanto.

–No quiero que lo sometas a una prueba de paternidad –musitó ella. Luego elevó el tono y añadió–: No quiero que piense que...

–¿El qué, Frankie?

Ella alzó la mirada y contestó:

–No quiero que le exijas pasar por una prueba de paternidad antes de aceptarlo en tu vida.

Las aletas de la nariz de Matthias se dilataron al comprender el punto de vista de Frankie.

–Es solo una formalidad.

–Innecesaria –replicó Frankie. Y posando la mano en el pecho de Matthias, insistió–: Es tu hijo.

Él sintió una mezcla de orgullo paterno, bienestar y alivio de que Frankie fuera la madre de su hijo. Cuando habló, su voz sonó ronca, cargada de emoción:

–Y pronto, el mundo entero lo sabrá.

Capítulo 6

MATTHIAS no recordaba cuándo había conseguido dormir más de dos horas seguidas. Estaba exhausto y agitado, pero ver a Frankie durmiendo a su lado, en la cama, lo calmó y le proporcionó energía.

La sonrisa que le había dedicado por la mañana le había acompañado el resto de la tarde, de manera que había cumplido con sus obligaciones precipitadamente para volver a su lado y tratar de arrancarle otra sonrisa. Había querido cenar con ella, pero un problema en la embajada italiana lo había retenido, y para cuando llegó, Frankie dormía profundamente.

Su cabello rubio le envolvía los hombros como una piel dorada; tenía los labios entreabiertos y Matthias recordó el beso que le había dado impulsivamente aquella tarde, y el instante en el que ella se había entregado a él, relajándose en sus brazos. Sabía que habría podido despertar en ella el deseo y acabar con cualquier resistencia que su mente quisiera ofrecer. Pero se había dominado y respetado los límites de Frankie, consciente de hasta qué punto debía de estar abrumada. No solo por haberse convertido en reina, y su hijo en príncipe, sino por aquella emoción indefinible que había entre ellos. Él, que tenía mucha más experiencia y años, seguía sin explicarse la explosiva química que los unía.

Incluso observándola en aquel instante, sentía el deseo fluir por sus venas, y se preguntó cómo reaccio-

naría si la tocara, si le besara el cuello… Y como si sus
pensamientos le llegaran en sueños, Frankie se remo-
vió, parpadeó y abrió los ojos, mirándolo directamente.
Había pasado la medianoche y el aire estaba cargado de
una magia que tuvo el poder de hacerla retroceder al
pasado.

–¿Matt? –se incorporó y la sábana se deslizó a su
cintura, dejando a la vista la suave curva de sus senos.

El camisón que llevaba no era particularmente sexy,
y, sin embargo, hizo estallar en Matthias un intenso
deseo. Tragó saliva, en tensión y con el sexo endurecido.

–Iba a… Estabas… –balbuceó ella.

Bajo la plateada luz de la luna, vio que Frankie se
ruborizaba, y Matthias dio un paso más hacia delante a
pesar de la voz que le advertía que era un error.

–¿Sí? –preguntó Matthias, mirándola fijamente.

–Pensaba que estaba soñando.

Matthias sintió su cuerpo arder.

–¿Era un buen sueño? –preguntó al tiempo que se
acercaba a la cama.

Su lado de la cama estaba vacío y frío. Allí yacían el
deber y la responsabilidad. En el otro lado… la tentación.

–Yo… –Frankie se llevó la mano al tirante del camisón.

Al perfilarse sus pezones contra la tela, Matthias
tuvo que contener un gemido.

Era lo adecuado, y lo que los dos querían.

Desoyendo a su sentido común, tomó la mano de
Frankie y, en lugar de ayudarla a subirse el tirante, se lo
bajó mientras la miraba fijamente. A ella se le puso la
carne de gallina y se le atenazó la garganta a la vez que
le sostenía la mirada.

–¿Con qué soñabas? –preguntó él, pasando el dedo

por el otro tirante. Pero en lugar de bajarlo, le pidió permiso con la mirada.

—He soñado… sobre hace años —dijo ella con voz ronca y la mirada nublada.

—¿Sueñas conmigo a menudo?

Frankie cerró los ojos, como si no quisiera que él leyera en su rostro lo que pensaba.

—No —susurró.

—Mentirosa —dijo él con una risa seca—. Creo que sueñas conmigo a menudo. Incluso a diario.

A la vez que ella emitía un gemido ahogado, él se inclinó y, en contra de lo que le dictaba la mente, la besó, absorbiendo su aliento y saboreando su dulzura. Al instante, los recuerdos y sensaciones lo asaltaron, porque Frankie sabía exactamente igual que años atrás, y su cuerpo se regocijó con la familiaridad y la confirmación de que hacía lo correcto.

Deslizó la lengua entre los labios entreabiertos de Frankie y la entrelazó con la de ella, haciéndole sentir su deseo. Ella alzó las manos a su nuca y arqueó la espalda, presionando sus senos contra su pecho. Matthias juró en su lengua.

—Dime que sueñas con esto —susurró, bajándole los tirantes y cubriéndole los senos desnudos con las manos.

Bastó con sentir su tersa redondez, su peso, para que se incrementara su erección y le presionara los pantalones. Todo su cuerpo clamaba por ella de una manera que desafiaba toda lógica.

¡Claro que sí! Soñaba regularmente con él, y en el estado de soñolencia en que se encontraba, a Frankie le costaba distinguir el sueño de la vigilia. Pero las manos de Matthias eran reales, todo resultaba real.

En lugar de atender a la voz que le exigía que obligara a Matthias a detenerse, tiró de él para que se echara sobre ella. Era la hora bruja y ella estaba embrujada. Matthias era corpulento y fuerte, pero se colocó sobre ella delicadamente, meciendo sus caderas para hacerle sentir su erección.

Frankie sintió una daga de deseo perforar sus sentidos, un deseo familiar: el que Matthias despertaba en ella.

—Por favor —susurró, consciente de que estaba atrapada en aquella ola de deseo, en una isla de anhelo sexual de la que nadie más podía rescatarla.

Matthias volvió a mover las caderas y su cuerpo duro y pesado presionó el núcleo femenino de Frankie, avivando su deseo, acelerándole el pulso. El placer era una corriente que la arrastraba, mientras que la realidad era la fuerza de la gravedad que tiraba de ella hacia la tierra.

Para Matthias todo había sido fácil aquel fin de semana, tres años atrás. Ella se había dejado seducir, le había entregado su virginidad a pesar de que la guardaba para el hombre con quien fuera a casarse. Pero ante un hombre como él, no había tenido defensas.

¿Y qué estaba haciendo en aquel momento? Volver a caer; permitir que el deseo se burlara de sus buenas intenciones. ¿Era ese el tipo de mujer que quería ser, una mujer que se dejaba dominar por la pasión, que se acostaba con alguien sin que el amor formara parte de la ecuación?

—No podemos hacer esto —sacudió la cabeza para romper el beso. Y de pronto sintió el cuerpo de Matthias como un peso que la aplastaba.

Poniendo las manos en su pecho, lo empujó y rodó hacia el lado para levantarse de la cama.

—No puedo —repitió.

Matthias la observaba en silencio con la misma intensidad que antes de besarla. Ella se subió los tirantes con dedos temblorosos antes de bajar las manos y apretar los puños.

—No voy a hacerlo —añadió.

Matthias siguió mirándola en silencio, y a pesar de que estaba tapada, Frankie se sintió desnuda.

Había detenido lo que fuera que iba a suceder, pero la inevitabilidad de que en algún momento sucediera flotaba como una densa nube en el aire.

Matthias la observó prolongadamente, como si pudiera leer en su interior.

—¿Cómo es posible que fueras todavía virgen, Frankie?

Ella sintió una punzada en el corazón. Sabía que sus expectativas resultaban anticuadas, pero eran sus sentimientos, sus propósitos.

—Yo... Simplemente, lo era.

—No —Matthias se incorporó sobre un codo en actitud relajada—. No creo que fuera algo circunstancial.

—¿Por qué no? —preguntó ella en actitud retadora.

—Porque eres una mujer de carne y hueso —dijo él con voz grave—. Y sé por experiencia que eres muy sensual; lo activa que...

A Frankie se le aceleró el corazón y decidió que no tenía sentido mentirle.

—Quería reservarme para mi marido —desvió la mirada al darse cuenta de lo infantil que sonaba, por lo que no vio la expresión concentrada que adoptó el rostro de Matthias.

—¿Por qué? —preguntó con voz ronca.

—Ya te lo he dicho: para mí el sexo debería tener significado —Frankie frunció el ceño—. Pensaba... pienso que el sexo y el amor deben ir de la mano; y quería que el sexo fuera algo a compartir con el hombre del que me enamorara –Frankie no sabía cuándo había tomado esa decisión, cuándo para ella el sexo y el amor se habían convertido en un todo–. Pero entonces te conocí.

Matthias esbozó una sonrisa burlona, dirigida a sí mismo.

–Un hombre que piensa que el sexo es pura diversión y el amor una convención social –declaró.

Frankie sintió que se le desplomaba el corazón ante la frialdad de aquella afirmación.

–Un hombre ante el que no pude resistirme –sacudió la cabeza para borrar los vestigios del pasado–. Pero eso fue hace años y ya no soy la misma –se sintió afianzada en su certeza–. Digamos que he aprendido la lección.

–Ya hemos hablado de esto. Yo necesito otro hijo, otro heredero…

Frankie pasó por alto el cruel final de aquella frase: «en caso de que le suceda algo a Leo».

–Eso no tiene nada que ver con lo que estábamos a punto de hacer. Acostarnos porque no tenemos la fuerza de voluntad suficiente como para ser sensatos, para hacer lo correcto, es sencillamente no tener criterio.

–Eso es tirar piedras contra tu propio tejado –dijo Matthias desdeñoso.

No le faltaba razón. Poner freno a la atracción que sentía solo le hacía daño a ella, porque lo deseaba con todas sus fuerzas. Pero, aun así, tenía que resistirse por amor propio. Y por su corazón. Un corazón del que Matthias podría haberse adueñado fácilmente, pero que había sido herido e ignorado demasiadas veces como para que le resultara fácil confiar.

–No es verdad. Solo es que… siempre he querido un cuento de hadas –dijo en un susurro.

Pero los sentimientos expresados quedamente solían ser los que más resonaban.

–Los cuentos de hadas no existen –dijo Matthias tras unos segundos de silencio, sin dejar de mirarla fijamente–. Y, aunque fueran posibles, yo no podría ofrecerte uno.

Frankie suspiró abatida.

–Puedes volver a la cama –dijo él–. No voy a tocarte a no ser que me lo pidas –y se giró sobre el costado, de espaldas a ella.

Se hizo el silencio. Frankie permaneció de pie, observándolo. Cuando la respiración de Matthias se hizo pausada y rítmica, se metió en la cama y, dándole la espalda, se pegó al borde del colchón.

Aunque era una pesadilla recurrente, seguía provocándole una descarga de adrenalina. Estaba en la limusina. El olor a gasolina y a carne quemaba lo impregnaba todo; estaba atrapado y con los ojos abiertos. Sus padres estaban muertos, pero Spiro estaba a su lado, todavía vivo. Nunca había oído a nadie gritar como lo hacía él.

–¡Ya voy! –le prometía, empujando el metal que le presionaba el pecho–. Mantén los ojos abiertos.

El chófer también estaba muerto, y no lograba ver al guardaespaldas que viajaba con ellos.

–No puedo, Matt –gimió Spiro con los ojos inundados de lágrimas.

–Tienes que aguantar –Matthias gritó de furia mientras intentaba liberarse–. Enseguida llego. Dame la mano –alargó la mano, pero sintió un dolor insoportable.

Tenía el brazo roto. Gimió y lo estiró cuanto pudo; Spiro alargó la mano y tomó la de él. Matthias miró las dos manos unidas, tenían el mismo aspecto, pero la de Spiro estaba fría. Fría como el hielo.

–Escucha –dijo apresuradamente–. Oigo sirenas. ¿Las oyes? Vienen a por nosotros, Spiro. Dentro de unas semanas te daré una paliza al baloncesto.

Spiro sonrió. Tenía los dientes cubiertos de sangre. Matthias vio que se le cerraban los ojos.

–¡Maldita sea, no te duermas! –exclamó, empujando en vano el metal que lo atrapaba.

–Matt… –Spiro le soltó la mano y Matthias alzó la cabeza para mirarlo.

Vio estrellas bailar ante sus ojos y se desmayó. Cuando recuperó el sentido oyó las sirenas más cerca y Spiro estaba dormido. O eso le pareció.

–¡Spiro! –la placa de metal debía de pesar una tonelada. Le dolía todo el cuerpo. Gimió histérico–: ¡Spiro!

Miró hacia delante y lo lamentó en cuanto vio los cuerpos retorcidos de sus padres. Cerró los ojos y rezó. Entonces intentó alcanzar a Spiro, pero el brazo no le obedeció.

Tenía que liberarse para ayudar a su hermano. No había agua. El coche había derrapado al evitar una roca en medio de la carretera, había caído dando vueltas por un terraplén y había quedado boca abajo. Pero en el sueño de Matthias siempre estaban cerca del agua y esta iba inundando el coche. Un agua densa y oscura, como sangre.

Spiro estaba muerto y él solo pudo tomarle la mano. A los quince años perdió a todos sus seres queridos. Pasaron dos horas antes de que el equipo de salvamento pudiera sacarlo. Dos horas durante las que mantuvo la vista fija en su hermano y evitó mirar a sus padres. Dos horas durante las que su corazón, aunque siguió latiendo, dejó de sentir.

–¿Matt? –Frankie le tocó el hombro. Estaba empapado de sudor–. ¿Matthias? Despierta.

Él se incorporó bruscamente y estuvo a punto de golpear su cabeza con la de Frankie. Tenía los ojos desorbitadamente abiertos y sombríos. El cielo se teñía con la primera luz del día: dorada y rosa, grisplata.

Matthias jadeaba y la miraba como si se estuviera ahogando y ella pudiera salvarlo.

–¿Estás bien? –preguntó ella al tiempo que Matthias iba recomponiendo su hermoso rostro con su expresión habitual.

–Sí –se sentó en la cama con los pies en el suelo y se sujetó la cabeza entre las manos.

–Has tenido una pesadilla.

Un sonido indefinido escapó de la garganta de Matthias.

–¿Quieres hablar de ello? –preguntó Frankie.

Tras otro gruñido, Matthias fue hasta las puertas del balcón.

–Supongo que eso es un «no» –masculló Frankie.

Entonces Matthias se volvió. Llevaba solo unos boxers y Frankie tuvo que hacer un esfuerzo para mantener la mirada fija en su rostro.

–No ha sido nada –dijo él.

Abrió la puerta y salió. La cortina flameó, mecida por la brisa.

Frankie lo siguió instintivamente, aunque intuía que quería estar a solas y que debía dejarlo; que le irritaría que se entrometiera.

Matthias estaba mirando al mar. Frankie siguió la dirección de su mirada y no pudo contener una exclamación ante la belleza que tenía ante sí. La luz del amanecer hacía brillar las olas del mar plateado como diamantes y topacios. El cielo era una obra de arte que ella jamás habría podido plasmar, porque ninguna paleta contenía aquellos maravillosos colores.

–Solo tenía nueve años –dijo Matthias, inesperadamente.

Frankie lo miró y se quedó sin aliento al ver la expresión sombría de su rostro.

–¿Quién?

Matthias se volvió hacia ella, pero con la mirada perdida.

–Mi hermano, Spiro.

Liana había mencionado también a Spiro. Frankie le comprendió y se le rompió el corazón.

–Tenía nueve años cuando murió en un accidente de coche–declaró Matthias.

–Lo siento –dijo Frankie con el corazón en un puño.

Supo que no había acertado con las palabras al percibir que Matthias se encerraba en sí mismo.

–Así son las cosas.

–No hagas esto –musitó Frankie, sacudiendo la cabeza. La brisa le revolvió el cabello. Se lo sujetó en la nuca y añadió–: No actúes como si no tuviera importancia. Se trata de la muerte de tu hermano. Puedes expresar tu dolor.

Las facciones de Matthias se tensaron aún más.

–¿De qué sirve? –preguntó sin un ápice de emoción. Y dio media vuelta como si no esperara una respuesta.

–De mucho –dijo Frankie de todas formas–. Hablar sirve para sanar, para seguir adelante…

–¿Qué derecho tengo a pasar página mientras Spiro está muerto? –Matthias se inclinó sobre la barandilla–. A veces pienso que si, consiguiera darle la mano en el sueño, le habría salvado; que el accidente es una pesadilla de la que no consigo despertar.

Frankie emitió un murmullo de comprensión.

–No es posible procesar esto –Matthias se volvió a ella con la mirada extraviada–. Ni quiero procesarlo. Spiro es parte de mí, y yo debo vivir por los dos.

Frankie tuvo la tentación de acariciarle la mejilla, pero se contuvo.

—¿Tus padres murieron también en el accidente? —preguntó con dulzura.

Él respondió con un brusco asentimiento y un dolor palpable en los ojos.

—Oh, Matt —el impulso de consolarlo la venció. Alzó una mano a uno de sus hombros y se lo acarició—. No puedo ni imaginarme cuánto sufriste.

—Tuve que asumirlo deprisa —dijo él con las aletas de la nariz dilatadas, mirando a Frankie fijamente.

Ella lo miró perpleja.

—Deja de actuar como si fueses demasiado duro. Nadie puede pasar por algo así sin que le cambie la vida. Debiste de...

—Me cambió —la interrumpió Matthias—. A los quince años yo todavía creía que mis padres eran infalibles, que algún día los sucedería y que Spiro seguiría volviéndome loco con sus caprichos. Me creía omnipotente.

Frankie se aproximó a él instintivamente.

—Todos los adolescentes se sienten así, sean o no príncipes.

—Puede ser —Matthias bajó la mirada a los labios de Frankie—. Para cuando cumplí dieciséis años, supe cómo era el mundo de verdad.

Se produjo un silencio tenso, cargado.

—¿Y cómo es? —preguntó Frankie.

—Transitorio. Falso.

Frankie llevó la otra mano a su otro hombro, acariciándole ambos como si así pudiera consolarlo.

—Lo que te pasó fue una tragedia —dijo con voz queda—. Pero no puedes permitir que te impida ser feliz. Ni tus padres ni tu hermano querrían eso. Dices que vives por Spiro, ¿crees que a él le gustaría que tuvieras una visión tan amarga del mundo?

–Recuerda que soy realista –dijo Matthias. Y al respirar profundamente su pecho rozó el de Frankie y ella sintió un hormigueo en los pezones.

–¿Tú crees, Matt? A veces pienso que solo eres pesimista.

Matthias la miró y el aire se cargó como las nubes antes de una tormenta.

–¿Y eso es malo?

–Yo… –Frankie sacudió la cabeza.

–Puede que, con el tiempo, consigas cambiarme –dijo él. Y entonces sonrió con escepticismo y la atmósfera cambió.

Frankie parpadeó como si se despertara bruscamente.

–No estoy tan segura de que la gente pueda cambiar.

Matthias se separó de ella y dijo con frialdad:

–Yo tampoco.

Capítulo 7

U N POCO más a la derecha, por favor, señora —dijo el fotógrafo.

Frankie siguió las instrucciones con la sensación de que le habían pegado la sonrisa a la cara con pegamento.

—Perfecto. Unas cuantas más cerca del balcón.

Los rayos del sol del atardecer se proyectaban como flechas doradas, creando un conjunto tan espectacular como el que habían contemplado al amanecer, en otro balcón del palacio. Solo que entonces, Matthias solo llevaba unos boxers y estaba angustiado por una pesadilla, mientras que en ese instante tenía el aspecto de un rey ideal. Con un traje oscuro y corbata crema, sus ojos grises brillaban en su piel morena. Llevaba el cabello engominado y Frankie tenía que esforzarse para no mirarlo embobada.

Mathilde le había entregado un vestido de color crema para la sesión de fotografía del anuncio oficial de compromiso. Tenía un volante que cruzaba en diagonal el cuerpo, desde la cintura a un hombro, una cintura estrecha y una falda larga y estrecha. Gracias a unas sandalias de tacón alto, se sentía menos pequeña al lado de Matthias.

—Llevamos cuarenta minutos —dijo Matthias mirando el reloj—. ¿No tiene bastantes?

El fotógrafo alzó la mirada de la pantalla digital de la cámara y asintió.

—Casi hemos acabado, Majestad.

Frankie lo miró de soslayo, y al ver su expresión de hastío se dijo que iban a parecer las fotografías de un funeral y no de un compromiso nupcial.

—¿Necesitas un descanso, *deliciae*? —Matthias la miró fijamente y ella sintió que se le aceleraba el corazón.

—No. ¿Y tú?

Él hizo una mueca.

—No es mi pasatiempo favorito, la verdad.

—Apóyense en la barandilla, por favor, señor, señora. Matthias adoptó una pose estática y Frankie se colocó a su lado. El fotógrafo sacudió la cabeza.

—Descanse en él un poco. Así… —inclinó la cabeza y sonrió.

Frankie frunció los labios y miró a Matthias antes de aproximarse y vio que él la observaba con sorna. Dando un suspiro, hizo lo que el fotógrafo le había pedido. Al reposar la cabeza en el pecho de Matthias sintió el calor de una hoguera; podía oír su corazón, percibir su calor. Apenas esbozó una sonrisa porque se mantuvo en pie a duras penas. Él la tomó por la cintura y abrió la mano, moviéndola levemente arriba y abajo, haciendo que el calor se propagara por el cuerpo de Frankie.

—¡Sonría! —le recordó el fotógrafo.

Frankie lo intentó, pero las sensaciones físicas le impidieron actuar. El deseo que intentaba apagar se avivaba en su interior, despertando en ella el deseo de salir corriendo y demostrar en la cama a Matthias lo que podían significar el uno para el otro.

Él inclinó la cabeza y susurró:

—Estás temblando, *mikró*.

Ella alzó la mirada hacia él, olvidando por un instante que no estaban solos. Sus miradas se encontraron y de pronto el mundo exterior se desvaneció. Frankie se perdió en la profundidad de los ojos grises de Matthias, se ahogó en su océano, se hundió entre su arena y sus corales. Y no le importó. Solo existía él.

Matthias bajó la cabeza lentamente sin dejar de mirarla y la besó delicadamente. Solo fue una caricia, un roce… el fotógrafo presionó el obturador y Frankie volvió a la vida. Matthias alzó la cabeza sin apartar la mirada del rostro acalorado de ella.

—Ya basta —dijo con frialdad.

—Sí, señor. Ya tenemos de sobra. Gracias, señor.

Matthias tendió a Frankie la mano y ella estuvo a punto de rechazarla por miedo a ser vencida por la pasión, por temor a perder la cabeza y olvidar que no podía confiar ni su cabeza, ni su vida, ni su amor a Matthias. Pero se dijo que estaba pensando demasiado, y finalmente la tomó, diciéndose que lo hacía para no resultar grosera delante del fotógrafo. En cuanto entraron, se soltó y, entrelazando las manos, preguntó:

—¿Cuándo se va a anunciar el compromiso?

—Mañana.

Recorrieron un amplio pasillo decorado con fragantes arreglos florales.

—Tengo que hablar con mis padres. Van a quedarse atónitos.

Matthias ladeó la cabeza.

—¿Por qué?

—Porque voy a casarme con un hombre del que nunca han oído hablar. ¡Y que es rey!

—Vas a casarte con el padre de tu hijo —dijo Matthias lacónico.

—A quien no conocen. No eres más que…

—¿Sí?

Frankie desvió la mirada. Era absurdo, pero le daba vergüenza hablar de lo que había habido entre ellos.

—El hombre que me dejó embarazada y desapareció del mapa.

Como no lo miraba, no vio que las facciones de Matthias se tensaban como si lo hubiera abofeteado.

—Deben de tener una opinión deplorable de mí.

Frankie se encogió de hombros.

—¿Te extraña?

—No —el tono vehemente de Matthias hizo que Frankie lo mirara—. Si hubiéramos tenido una hija y le pasara algo así…

—Yo no pienso que haya sido tan terrible —dijo ella, haciendo una mueca—. Recuerda que tengo a Leo.

Matthias pasó por alto el comentario y continuó:

—Si hubiera tenido la más mínima sospecha de que podías haberte quedado embarazada, habría actuado de una manera muy distinta.

—¿Cómo?

—No me habría perdido ni un segundo de la vida de Leo.

Frankie sintió una absurda decepción por que solo le importara Leo, por que en ningún momento hubiera deseado pasar más tiempo con ella.

—No podemos cambiar el pasado —dijo en un susurro.

—Ni saber cómo será el futuro. Pero no deberías haber pasado por esto sola, y te juro que, si pudiera retroceder en el tiempo y cambiarlo, lo haría.

Frankie pudo ver en sus ojos que su arrepentimiento era sincero.

—Lo sé.

Matthias la miró fija y prolongadamente como si quisiera asegurarse de que verdaderamente creía que no era un hombre capaz de abandonar a una mujer embarazada, y de hasta qué punto la idea le resultaba aberrante.

Y entonces, como si leyera la respuesta en su mirada y viera que confiaba en su inocencia, asintió. Y como si hubiera dado a un interruptor, entró en acción y se transformó en rey, en gobernante. En un hombre sin atisbo de dudas ni de remordimientos.

—Llamaré a tus padres y se lo explicaré.

Frankie se rio.

—¡Pero si ni siquiera los conoces!

Matthias la miró con determinación.

—Soy el hombre con el que te vas a casar y el padre de su nieto. Les debo una explicación sobre mi ausencia y sobre cómo pienso ponerle remedio.

—Espera —Frankie volvió a reírse—. Esto no es una novela de Jane Austen; ni yo necesito que acudas a mi padre a pedirle permiso para casarte conmigo.

Matthias entornó los ojos.

—Es un signo de respeto.

—Respétame a mí y mis deseos, y mis padres estarán contentos.

—Les debo una explicación.

—Me la debes a mí, no a ellos, y ya me la has dado. Te entiendo, y te perdono. No hace falta que los impliques en esto.

—Para mí es importante que sepan que no sabía que estabas embarazada.

—Ya lo saben. ¿Qué crees que les dije?

Matthias se quedó súbitamente paralizado, como si esa posibilidad no se le hubiera pasado por la cabeza.

—No tenía ni idea.

—Les dije que eras un hombre maravilloso, pero que habíamos quedado en no volver a vernos. Y aunque saben que te busqué sin éxito, es por ti por quien sienten lástima, por lo que te has perdido. Mis padres son…

Frankie cerró los ojos porque de pronto le golpeó el recuerdo de su infancia.

—Ser padres lo era todo para ellos. Por eso les daba pena que tú no lo disfrutaras.

Aunque Matthias la miró con escepticismo, ella no lo notó. Sonriendo, añadió:

—Además, han estado demasiado ocupados siendo los abuelos de Leo. No habrá niño más besado ni más abrazado que él.

Matthias frunció el ceño.

—¿Y cómo consienten que vivas en la pobreza?

Frankie puso los ojos en blanco.

—Puede que mi apartamento no sea un palacio, pero no es una chabola. No seas tan esnob.

Matthias se rio. Nadie le había llamado esnob en su vida.

—Mi madre y mi padre no son ricos —siguió ella con una sonrisa en los labios—. Me han ayudado siempre que han podido, pero mi padre ha necesitado varias operaciones de espalda y no son baratas. De hecho, las retrasó lo más posible, pero fue empeorando. Lo último que yo quería era que se preocuparan por Leo y por mí.

—Pero ¿te ha resultado difícil?

—¿Económicamente?

Matthias asintió.

—Sí, pero porque lo decidí así. Sabía que ser pintora sería duro. He tenido que hacer cosas que no me apetecían para poder seguir adelante, para mantener a Leo. Por eso necesito que la exposición sea un éxito. Quería que mi arte nos permitiera vivir, pero no sé si eso será alguna vez posible.

—¿Qué cosas has tenido que hacer? —preguntó Matthias, queriendo saber más detalles.

—Nada terrible. Dibujar retratos en mercadillos; trabajar de camarera; lo que fuera para poder seguir haciendo lo que más amo.

—Pintar.

—Sí, pero siempre he sabido que quizá algún día tendría que olvidarlo y buscarme un trabajo de verdad.

–Tienes un gran talento. No deberías abandonarlo.

El elogio, expresado con tanta espontaneidad, hizo que a Frankie le diera un vuelco el corazón.

–Gracias, tenga o no talento, es muy difícil abrirse camino.

Matthias pareció reflexionar sobre aquel comentario antes de asentir y decir súbitamente:

–Insisto en que debo llamar a tus padres, Frankie.

–Pero ¿por qué?

Matthias espiró lentamente.

–Porque es inexcusable que te dejara. Estabas embarazada. Sola...

–No lo sabías...

Matthias posó un dedo en los labios de Frankie, pidiéndole con la mirada que le escuchara.

–No soy un hombre que huye de sus responsabilidades. Os he fallado a ti y a Leo. Y tus padres se merecen oírlo de mis labios.

Frankie estaba perpleja. Matthias le estaba ofreciendo una disculpa que nunca había esperado recibir.

–No sabías nada de la existencia de Leo –dijo quedamente, intentando liberarlo de su sentimiento de culpabilidad–. De otra manera, sé que me habrías ayudado.

–Nos habríamos casado –dijo él con firmeza, sin plantearse que Frankie hubiera podido tener otra opinión–. Y jamás habrías tenido ninguna preocupación.

Frankie se guardó para sí su desacuerdo. Quizá no habría tenido problemas materiales, pero ¿emocionales? Desde luego que sí. Más que nunca, supo que su matrimonio iba a ser complicado.

Capítulo 8

DESPUÉS de un día extremadamente caluroso, era una delicia sentir el agua refrescante de la piscina en la piel. Como lo era estar sola, con el cabello recogido en una trenza, sin gota de maquillaje y sin sirvientes a la vista. Por la tarde, Leo había tenido una pataleta, y aunque Liana se había mantenido tranquila y había recordado a Frankie que era un comportamiento típico de los dos años, ella se había alterado. Pero sospechaba que su estado de ánimo se debía menos a Leo que a Matthias. Cada encuentro con él representaba un esfuerzo, un ejercicio de autocontrol, y empezaba a olvidar por qué era imprescindible mantenerlo a distancia.

El deseo que sentía por Matthias era tan intenso que la opción de disfrutar con él del sexo por puro sexo empezaba a resultarle aceptable, y más teniendo en cuenta que iban a casarse. Si estaba posponiendo lo inevitable, ¿por qué no sucumbir ya? ¿Por qué no disfrutar de lo que Matthias le ofrecía?

Buceó un largo hasta que le dolieron los pulmones y, emergiendo, apoyó los codos en el borde cálido de terracota y contempló la preciosa vista para olvidar su frustración. Luego nadó otro largo. Siempre había sido una buena nadadora y había disfrutado de la natación, pero nunca había tenido una piscina como aquella.

Después de hacer otros tres largos, descubrió que no estaba sola. Matthias la observaba desde el extremo opuesto, pero el cuerpo de Frankie reaccionó como si estuviera a su lado y la hubiera acariciado.

–Matt… –carraspeó–. No sabía que estuvieras aquí.

–Acabo de llegar –dijo él.

¿Cómo podía alterarla así con solo mirarla?

–He hablado con tu padre.

–¿Ya? –preguntó Frankie sorprendida.

–No tenía sentido retrasarlo.

–No, claro, falta poco para la boda –balbuceó Frankie. Apretó los labios para concentrarse y preguntó–. ¿Qué ha dicho?

–Se ha alegrado por nosotros. No sé si quieres que se queden un tiempo después de la boda para ayudar con Leo mientras estamos de luna de miel.

–¿Luna de miel? –preguntó Frankie. Y estuvo a punto de gemir con la imagen de sus cuerpos calientes, entrelazados, que invocaron aquellas palabras.

–Ya sabes, eso que suele hacerse después de una boda.

Frankie se ruborizó.

–Pero este matrimonio no es… Supongo que tienes mucho trabajo. ¿No es un inconveniente para ti?

–¿No quieres conocer mejor el país del que vas a ser reina?

Frankie se mordió el labio inferior.

–Pero yo no lo llamaría luna de miel.

–¿Por qué?

–¿De verdad necesitas que te lo aclare? Una luna de miel hace pensar en camas cubiertas de pétalos de rosa y baños con champán. Eso no es lo que vamos a hacer.

–No –Matthias caminó lentamente hacia la parte profunda, que solo le cubría hasta la mitad del pecho–. Pero eso no significa que no podamos pasarlo bien.

Frankie sintió los nervios a flor de piel.

–Tenemos ideas distintas de lo que significa «pasarlo bien».

Matthias se rio.

—¿Tú crees?

Frankie volvió a ruborizarse. El corazón le latía con fuerza y tenía el pulso acelerado.

—Ya te he dicho que no me interesa el sexo sin compromiso.

—El matrimonio es un compromiso —dijo Matthias con aplomo. Luego añadió—: Y yo creo que sí te interesa el sexo conmigo.

Frankie sintió una presión en el pecho. Matthias cubrió la distancia que los separaba y, tomándola por la cintura, la atrajo hacia sí.

—Matt —musitó ella cuando él le acariciaba el trasero y la miraba provocativamente, retándola a decirle que parara.

Pero Frankie no logró articular palabra.

—Escucha —dijo él con dulzura, al tiempo que nadaba y la llevaba consigo hasta un peldaño de la escalera. La sentó en él y se colocó de pie, entre sus piernas—. Yo te deseo y creo que tú a mí también. Es como si estuviéramos unidos por un cable eléctrico.

Frankie siguió callada. Esa era precisamente la forma en la que ella lo habría descrito.

Por debajo del agua, Matthias le bajó un poco el biquini y le asió las nalgas. Frankie contuvo el aliento, diciéndose que debía pararlo, pero fue incapaz de hacerlo.

Matthias tiró de ella hacia él para hacerle sentir su duro sexo, el deseo que despertaba en él; y ella emitió un gemido. Pensar en la sensación de tenerlo dentro, moviéndose en su interior, la volvía loca de deseo.

—Soy el único hombre con el que has hecho el amor, ¿no?

Frankie se ruborizó y cerró los ojos para evitar la mirada escrutadora de Matthias.

–Dímelo –le ordenó él, besándole el cuello–. Dime que solo has tenido sexo conmigo.

–¿Por qué quieres saberlo? –preguntó ella con la voz estrangulada.

–Porque, si es así, tienes mucho que aprender.

Y tras responder, movió las manos hacia delante, acarició la sensible piel del interior de sus muslos y deslizó a un lado la tela del biquini. Frankie contuvo el aliento, y él la observó atentamente mientras acariciaba con los dedos sus femeninos pliegues, antes de deslizar un dedo en su húmeda y caliente cueva.

–Tienes mucho que aprender sobre tu cuerpo y el placer que puede proporcionarte, y yo quiero enseñártelo –movió los dedos en círculos y Frankie arqueó la espalda, fijando los ojos en el cielo y en los colores del atardecer que las caricias parecían intensificar–. Te deseo.

Matthias le besó la base del cuello y ella, gimiendo, le rodeó la cintura con las piernas, entregándose al destino al que llevaba resistiéndose desde que, nada más volver a verlo en la galería de arte, su cuerpo había despertado a la vida.

–Sé que quieres resistirte –Matthias meció las caderas. Sus palabras avivaron las llamas del fuego en el que Frankie se sentía arder, arrancándole un gemido–. Pero ¿no ves lo bueno que podría ser nuestro matrimonio?

Aquella era una tentación en la que era difícil no caer. Especialmente porque Matthias tenía razón. Ella no creía en el sexo casual. Pero aquello era mucho más que eso, al menos para ella. Matthias no era un hombre cualquiera con el que se había acostado. Al conocerlo, y aunque no fuera consciente en el momento, se había entregado plenamente a él aquella noche. En cuerpo y alma.

Y él se había ido sin pensárselo dos veces.

Sí, claro, tenía que cumplir con su deber. Pero ella se había quedado sola, con el corazón roto. ¿Era tan tonta como para volver a entregarse a él?

—Dime que me deseas —dijo él.

Salió de la piscina, se agachó y la tomó en brazos como si fuera una pluma.

—No-no puedo —musitó ella, al tiempo que se abrazaba a su cuello.

Él la sentó en una hamaca, le quitó la parte de abajo del biquini y miró su sexo con gesto ávido.

—¿No puedes permitir esto?

Matthias se arrodilló al pie de la hamaca y le abrió las piernas. Entonces la acarició sensual y provocativamente con la boca, y Frankie gritó al sentir un placer agudo y visceral.

Matthias no volvió a hablar. No hizo falta. Sus acciones aniquilaron cualquier intento de contención por parte de Frankie. Su lengua la recorrió, saboreándola, mientras mantenía sus piernas abiertas con las manos. Era toda suya. Toda ella.

Frankie gimió cuando él aceleró los movimientos antes de deslizar un dedo en su interior y atormentarla con la maestría de sus caricias en sus sensibles terminaciones nerviosas.

Cuando notó que Frankie estaba al borde de estallar, Matthias levantó la cabeza y mirándola fijamente, dijo:

—Suplícame —y usó la lengua de nuevo para elevarla al cielo antes de repetir—: Suplícame.

—No puedo —dijo ella jadeante.

Pero entonces su nombre escapó de sus labios. Lo llamó «Matthias», porque ese era el nombre del rey. No «Matt», el hombre del que, aunque entonces no lo supiera, se había enamorado.

Entonces era una joven de veintiún años que creía en los cuentos de hadas, que pensaba que el sexo y el amor iban de la mano. En cambio, en aquel momento estaba dispuesta a admitir que el sexo por sí mismo podía ser suficiente.

—Suplícame y te haré llegar —prometió él.

Entonces, incorporándose y, manteniendo los dedos en su sexo, tomó uno de sus pezones en su boca.

—¿Por qué me haces esto? —preguntó ella, clavando las uñas en sus hombros.

«Entrégate», le suplicaba su cuerpo mientras su corazón imploraba: «Entrégate y acepta que esto es suficiente».

Claro que lo era. Para la mayoría de la gente. Pero no para ella.

Su cuerpo ardía, tenía el pulso acelerado, el corazón le golpeaba el pecho, y sabía que tenía la satisfacción plena al alcance. Solo tenía que pedirlo y Matthias le haría alcanzar el clímax… Pero nunca sería suficiente para la niña que había esperado el amor verdadero toda su vida.

—No puedo —dijo con la respiración entrecortada—. No me hagas suplicarte.

Matthias la miró entonces con expresión sorprendida.

—No utilices mis sentimientos para humillarme —dijo ella, dejándose caer en la hamaca y mirando al cielo.

—¿Para humillarte? —repitió él con aspereza—. Frankie, intentando que aceptes lo que deseas, te estoy dando poder. Quiero darte el poder de disfrutar del sexo, para aceptar que lo que hay entre nosotros es bueno. No pretendo humillarte. Quiero que seas valiente, que asumas lo que sientes. Que dejes de esconderte de mí.

Y le sostuvo la mirada a Frankie antes de volver a

aproximar la boca a su sexo. Ella contuvo el aliento, incorporándose sobre los codos para mirarlo.

—Probemos de otra manera —dijo él con voz ronca—. Deja que te suplique que me dejes seguir —le pasó la lengua provocativamente por el sexo—. Deja que te suplique. Tú solo tienes que decir «sí».

Frankie sentía el monosílabo atrapado en la garganta, pidiendo ser pronunciado para poder acabar con aquella tortura.

—Solo tienes que decir que sí —repitió él.

Y la acarició con la boca, incrementando su placer hasta que a Frankie le brillaron los ojos y solo fue consciente de sus sensaciones.

—Di que sí —exigió él, tirando de ella para poder profundizar más, para poseerla íntimamente con su boca.

Deslizó la mano por debajo de sus nalgas para elevarle las caderas, y Frankie se oyó gritar una y otra vez, entregando una parte de su alma que había guardado bajo llave y que había creído que podría conservar.

—¡Sí, Matthias, por favor, por favor!

Matthias observó el cuadro con una sonrisa de amargura.

«No utilices mis sentimientos para humillarme».

Aquellas palabras en el momento álgido de la pasión lo habían dejado sumido en el más absoluto desconcierto.

¿Era eso lo que estaba haciendo?

Desde que había llegado Frankie a Tolmirós, había estado decidido a seducirla, a que aceptara la fuerza de su mutuo deseo.

Por su experiencia personal con las mujeres y el sexo, Matthias sabía que lo que compartía con Frankie era excepcional. Tanto, que en los tres años que habían pasado desde su encuentro, no había podido olvidarla, ni había encontrado a nadie con quien hubiera sentido nada parecido. Era una pasión única que merecía ser explorada. Pero ¿a riesgo de que Frankie perdiera su autoestima?

Fue hacia el ventanal mascullando un juramento. Inicialmente, todo había sido sencillo: el sexo era una mera transacción. Pero esa era su actitud, no la de Frankie.

Y, aun así, se había deleitado al conseguir su total entrega y saborearla en su lengua, a pesar de que quizá debiera de haberse detenido. Había confiado en sentirse victorioso, en gozar con la rendición de Frankie. Pero no había sido así.

Lo que había sentido se parecía más al pánico. Mientras ella llegaba al clímax en su boca, su cuerpo le suplicaba que la penetrara y se perdiera en ella, pero no lo había hecho. Se había separado de ella. Porque, aunque estaba tan poseído como ella por la pasión, había sabido que Frankie tenía razón: su objetivo había sido que ella aceptara lo que sentían el uno por el otro.

Pero ¿por qué? Porque él la deseaba con la fuerza de un tifón, pero la determinación y la fuerza de voluntad de Frankie eran mucho mayores que las suyas. ¿Por qué? ¿Qué quería, no ya de él, sino de la vida?

¿Un maldito cuento de hadas? Él no podía ofrecérselo. Pero eso no significaba que no pudiera darle algo más que sexo. Podía hacerla verdaderamente feliz como su esposa, y se había dado cuenta de que eso era lo que quería. Necesitaba que Frankie fuera feliz, que le sonriera como había hecho ocasionalmente desde que habían llegado a Tolmirós. Quería ganarse su confianza, y con ello llegaría lo demás.

O tal vez no. Pero Frankie se merecía más que un ma-

rido que deseaba su cuerpo. Se merecía alcanzar al menos
parte de su sueño. Eso siempre sería mejor que no tener
nada.

–Pareces un príncipe –dijo Frankie mirando a Leo
con lágrimas en los ojos.

Había sufrido una transformación como la suya, le
habían cortado el pelo y tenía ropa nueva, con la que
estaba precioso.

–Es tan guapo como su padre –dijo Liana. Y se agachó a tomarlo en brazos.

Frankie vio que Leo no se arqueaba, tal y como había empezado a hacer con ella. A Liana siempre le daba
besos y abrazos. Pero, aunque se sintiera levemente
celosa, sabía que debía agradecer a Liana que hubiera
hecho tan suave la transición de Leo a su nueva vida.

En cambio, se sintió culpable porque, aunque apenas quedaban unos días para la boda y había intentado
crear un ambiente acogedor para su hijo, lo cierto era
que estaba distraída la mayoría del tiempo.

Cuando había aceptado la proposición de Matthias,
él le había dicho dos cosas:

«Durante el día, apenas me verás. Por la noche no
podrás vivir sin mí».

Lo segundo era verdad. Desde la tarde en la que se
había entregado a su boca y había abandonado la determinación de resistirse, Matthias no había hecho ademán de tocarla. Se acostaba tarde y le daba la espalda.
Cuando se dormía, ella se volvía y lo observaba, mientras se preguntaba cómo reaccionaría si le suplicaba
que le hiciera el amor.

En cuanto a los días… era imposible no pensar en él
cuando estaba presente en cada rincón. En el rostro de
su hijo, en el orgullo de Liana, en la obediencia de sus

sirvientes, en la prosperidad del país. También en la espectacular sortija con un diamante amarillo y oro blanco que le había puesto en el dedo dos días antes, mientras le decía que le recordaba al dorado con el que estaba pintando el atardecer el fin de semana que se conocieron. Y, aunque había sido solo un comentario de pasada, había hecho estallar el corazón de Frankie de alegría.

Matthias estaba en todas partes, incluso cuando no lo pretendía. Tenían conversaciones cordiales y amables, en las que no hacía la menor insinuación de desearla. Quizá era así. Quizá había aceptado su negativa sin esfuerzo. ¡Ojalá a ella le resultara tan sencillo borrarlo de su mente!

—Gracias por haberlo preparado para esta noche, Liana, y por acceder a venir.

—Ese es mi papel en estos eventos... siempre que usted quiera —dijo Liana con tacto—. Las fiestas reales son aburridas para los niños. Se cansan de portarse bien y de ser amables con desconocidos —Liana guiñó un ojo a Leo y, sacando una chocolatina del bolsillo, añadió—: Y Leo sabe que, si es bueno, le espera un regalo.

Leo asintió con solemnidad y Frankie se rio.

—¿Esa es su cara de príncipe?

—Ha estado practicando.

—Lo haces muy bien, Leo.

Liana se volvió hacia Frankie y por primera vez la miró directamente a los ojos.

—Usted es muy hermosa, Frankie. Como una princesa.

—No lo creo, pero muchas gracias —contestó ella, aunque se sentía más bien como si fuera a una fiesta de disfraces—. Este no es mi estilo habitual.

Llevaba un vestido de color turquesa, con escote corazón y ajustado hasta la cintura, desde donde caía en una falda fruncida que flotaba alrededor de sus piernas al caminar. El conjunto lo completaba una tiara de diamantes.

—Aunque el vestido es precioso —añadió, pasando las manos por la falda.

—Le queda muy bien —dijo Liana.

—Menos mal, porque está claro que voy a tener que acudir a más ceremonias como esta.

Encogió sus hombros tostados. Había ido a la piscina regularmente, aprovechando para nadar y enseñar a nadar a Leo, y tomar el sol mientras el niño descansaba, al tiempo que recordaba su encuentro allí con Matthias.

Ese pensamiento hizo que se ruborizara. Como si acabara de invocarlo, Matthias apareció en persona.

Si ella parecía una princesa, él parecía el Príncipe Azul personificado.

Lucía un traje negro de gala y una camisa blanca resplandeciente; la corbata, también era blanca. Pero llevaba una banda granate de estilo militar y varias medallas colgadas del pecho, además de una espada a la cintura. No había hombre más guapo.

—Espada —exclamó Leo entusiasmado y corrió hacia él.

Matthias lo tomó en brazos y le alborotó el cabello.

—Espada —repitió Leo. Y Matthias asintió sonriendo.

—Sí.

—¿Mía?

—Todavía no. Pronto.

Leo hizo un mohín.

—¿Ver?

Matthias lo dejó en el suelo, se soltó la faja y sostuvo la espada, dentro de la vaina con guarnición de filigrana, para que Leo pudiera pasar los dedos por ella.

—Mira, mamá, dibujos.

Entonces Matthias miró a Frankie y se produjo entre ellos la habitual descarga eléctrica que hacía desaparecer el mundo a su alrededor. Ella sonrió con tensión y bajó la mirada hacia la espada. Pero un deseo anhelante se asentó en su pecho. Súbitamente recordó lo que su boca le había hecho sentir, y le fallaron las rodillas al notar un ardiente calor entre los muslos.

—Qué bonitos —musitó, aproximándose.

—Es muy antigua —dijo Matthias, volviendo la mirada a la espada—. Perteneció a mi tatara-tatarabuelo, y con ella mató a un rey que intentó conquistar el país.

—¿Guerra? —preguntó Leo fascinado.

—Hace mucho tiempo —intervino Frankie, con una mirada de advertencia a Matthias.

Él sonrió y ella pensó, como en tantas ocasiones, en cuánto le gustaría pintar los hoyuelos que se le formaban en las mejillas.

Matthias le volvió a remover el cabello a Leo al tiempo que susurraba a Frankie para que solo lo oyera ella:

—Estás muy guapa.

—Gracias —dijo ella, aceptando el piropo porque sabía que se lo debía al vestido y al maquillaje.

—Pero te falta algo —afirmó Matthias.

—¿Qué he olvidado? —preguntó ella alarmada.

Matthias sonrió enigmáticamente, sacó una caja de terciopelo del bolsillo y dijo:

—¿Me harás el honor de lucir esto esta noche, Frankie?

Dentro había una medalla similar a las que llevaba él. Un colgante de oro que pendía de una cinta de terciopelo morado, en cuyo centro había una estrella.

—¿Qué es? —preguntó ella mientras él la sacaba de la caja.

–La Estrella de Aranathi. Una de las más altas con-
decoraciones del país. Perteneció a mi madre.

La emoción que sintió Frankie le aceleró el corazón
y le produjo mariposas en el estómago. Ajena a Leo y a
Liana, que entretenía al niño en un lateral, preguntó:

–¿Por qué la condecoraron?

Matthias se la colocó en el pecho con la destreza de
un cirujano.

–Por su contribución a causas humanitarias.

–Yo no…

Frankie observó a Matthias, no como una mujer que
deseara a un hombre, sino como una artista. Midió sus
facciones y se imaginó recreándolas sobre un lienzo,
los colores que tendría que mezclar para crear las som-
bras de sus mejillas, del hoyuelo de su mentón, las ojeras que tanto le fascinaban. Como sus pestañas, densas,
largas y curvadas. ¿Qué rasgos procederían de su madre y cuáles de su padre?

Cuando ella miraba a Leo veía a Matthias. Pero
¿qué proporción le debía a la reina que había recibido
aquella condecoración?

–Me gustaría que me hablaras de ella –concluyó la
frase.

Matthias la miró entre orgulloso y sorprendido.

–¿Por qué?

–Porque era tu madre, y la abuela de Leo. Y pienso
que debería saber más cosas de tu familia, aparte de…
–dejó la frase suspendida.

Matthias la concluyó por ella:

–Aparte de que fallecieron.

Frankie miró hacia Leo con el ceño fruncido. No
estaba escuchando. Aquella era una conversación que
quería manejar con tacto y cuando llegara el momento
oportuno.

–¿Qué hizo tu madre para recibir esta condecoración?

–Muchas cosas.

–¡Guerra!

Leo sobresaltó a Frankie al acercarse desde el otro lado de la habitación blandiendo la pajita del zumo que estaba tomando como si fuera una espada.

Las facciones de Matthias se iluminaron al sonreír a su hijo.

–*En garde*!

Leo se rio y cargó contra él, pero, cuando llegó a su altura, Matthias lo tomó en brazos y le hizo cosquillas en la tripa, arrancándole una carcajada que hizo sonreír a Frankie.

En ese momento llamaron a la puerta.

–Disculpe, Majestad, pero es la hora.

–Por supuesto.

Leo dejó de reírse al oír a Matthias dirigirse al sirviente, y Frankie percibió al instante el contraste entre lo privado y lo público. El hombre y el rey. El padre que bromeaba con su hijo sobre guerras remotas y el rey solemne y considerado con sus sirvientes.

¿Habría sido ya así a los quince años? ¿Habría podido entregarse al dolor de su pérdida?

Su secretaria le había informado de que iban a casarse en la catedral, donde todos los reyes de Tolmirós se habían casado, y donde habían sido bautizados y enterrados.

Frankie asumía que también los padres y el hermano de Matthias. ¿Habría hablado en su funeral? Aunque no habría sido extraño, puesto que ya tenía quince años, imaginarse la presión bajo la que debía de haberse sentido le rompía el corazón.

Había reprimido el impulso de hacer una búsqueda

en Internet sobre el suceso, porque prefería que fuera el propio Matthias quien se lo contara.

–Ven, *deliciae*. Es hora de que conozcas a tu pueblo.

¿Era solo su imaginación o había emoción en la voz de Matthias? ¿Se lo inventaba o la miraba con una intensidad y un sentimiento que ella no supo interpretar?

Capítulo 9

OH, MATTHIAS, ¡qué hermoso es todo!
Frankie y Matthias viajaban en una limusina,
Leo iba con Liana en otra, detrás de ellos.

Al otro lado de los cristales tintados, se veían las preciosas calles repletas de gente ansiosa por ver a su futura reina.

—Es como un cuento. ¡No tenía ni idea!

La ciudad ofrecía una visión encantadora, con sus casas con tejados de terracota apiñadas de manera caótica y pintadas en distintos colores, con pequeños balcones de cuyas barandillas colgaban plantas y flores.

Pero lo más impactante para Frankie era la sensación de estar rodeada de historia. Pasaron junto a una iglesia, con una cúpula y una torre con fachada azul; delante había una estatua de un hombre desnudo, y a lo largo de un muro parecían crecer espontáneamente los geranios. Cuando pasaron de largo, Frankie se volvió y vio a una monja salir por la puerta y esparcir algo por el suelo. Al instante se arremolinaron en torno a ella cientos de gorriones.

Absorta en la contemplación de aquella pintoresca escena, Frankie no se dio cuenta de que Matthias la observaba atentamente.

—No tenía ni idea de que fuera así.

Matthias esbozó una sonrisa.

—¿Qué esperabas?

Frankie se encogió de hombros.

—No sé. Hasta hace una semana, Tolmirós solo era un

sitio en el Mediterráneo para mí. Y desde que llegamos, hemos estado en el palacio. Esperaba playas bonitas y una ciudad moderna, pero esto… es una preciosidad.

El rostro de Matthias se iluminó de orgullo.

—La ciudad moderna es Novampoli. Se construyó en los años setenta del siglo XX. Necesitábamos un lugar separado de las ciudades portuarias, de las que proviene gran parte de nuestra prosperidad como sede de grandes compañías navieras. Mi padre dio paso a una revolución tecnológica. La banca y las finanzas son otras de las industrias primarias de Tolmirós, y tuvimos que construir una ciudad en la que pudieran desarrollarse. Los primeros edificios fueron modestos, pero una década más tarde, los rascacielos empezaron a perfilarse en la silueta de la ciudad. Ahora está dominada por el cristal y el acero, y la comida no tiene parangón. Iremos en cuanto tenga la oportunidad. Te va a encantar.

—¿Es como Manhattan? —preguntó Frankie, pasándose las manos por la falda con gesto nervioso.

—En parte sí, pero sin la mezcla de lo nuevo y lo viejo. Es más como Dubái: una ciudad de aspecto artificial en un lugar inesperado. Toda la isla es una ciudad, y un enorme puente la une a la isla más próxima, Emanakki.

—Me gustaría verla —Frankie sonrió—. Quiero verlo todo.

Matthias se rio.

—Y así será. Pronto será tu deber conocer nuestro país a fondo.

Frankie lo miró con curiosidad.

—¿Con quién ibas a casarte?

Matthias enarcó una ceja ante aquel súbito cambio de tema.

—No creo que sea relevante.

—Siento curiosidad.

—Creo haberte dicho que no lo había decidido.

Frankie hizo una mueca de desaprobación.

—Es verdad. Tenías una lista de la que elegir. Solo quiero saber por quién te hubieras inclinado.

Su tono ligero hizo sonreír a Matthias.

—Lady Tianna Montavaigne iba en primera posición.

—¿Por qué?

—Porque cumplía todos los requisitos —dijo él con indiferencia.

Pero Frankie insistió.

—¿En qué sentido?

Matthias apretó los labios mientras la miraba fijamente.

—Para empezar, porque pertenece a la realeza, aunque sea una prima lejana de la familia real sueca. Ha sido educada para aguantar la presión que representa este tipo de vida, la necesidad de ser discreta y amable. Es consciente de lo que supone vivir bajo un microscopio —dijo la última frase con un tono de desdén que borró al añadir—: Es inteligente, guapa y nos llevamos bien.

Frankie sintió que se le encogía el corazón.

—¿Le desilusionará no casarse contigo? ¿Te ama?

Matthias se rio.

—Tú siempre pensando en el amor —dijo, mirándola con simpatía—. No, no me ama.

Frankie suspiró.

—Lo dices como si la idea de que dos personas se casen por amor fuera absurda.

—Absurda no —la contradijo Matthias—. Solo... romántica. Tianna sabía lo que suponía casarse conmigo.

—No puedo entender cómo alguien puede acceder a algo así —Frankie sacudió la cabeza—. Un matrimonio sin amor es tan... frío —concluyó, estremeciéndose.

—Tú lo has aceptado —apuntó Matthias, entornando los ojos.

Un brillo de dolor cruzó la mirada de Frankie, pero

entonces alzó la barbilla como subrayando su determinación y dijo:

—Lo sé; pero nuestras circunstancias son excepcionales. De no ser por Leo, jamás habría accedido a esto.

Matthias asintió, como si las palabras de Frankie le resultaran reconfortantes.

—Tianna tiene una relación con el chófer de su padre. Es de Siria y vino al país como refugiado. Ahora ya ha obtenido la nacionalidad, y ella le quiere mucho.

Frankie lo miró desconcertada.

—¿Y por qué iba a haber accedido a casarse contigo?

—Porque él necesita el trabajo, porque los padres de ella jamás aceptarían la relación, porque la desheredarían… Hay varios motivos por los que prefiere mantener su relación en secreto. Casarse conmigo le habría proporcionado la coartada perfecta.

—¿Cómo puedes hablar de esto con tanta naturalidad?

Matthias suspiró y le tomó la mano.

—No veo nada malo en tomar decisiones consensuadas que benefician a todas las partes.

El coche aminoró la marcha y la multitud se agolpó en las aceras. Frankie había recibido un curso intensivo en conducta real y en el protocolo que se esperaba de ella como reina. En aquel momento, las lecciones se arremolinaban en su cabeza.

—Relájate —musitó Matthias, inclinándose para mirar con ella hacia el exterior—. Pronto bajarán la ventanilla para que puedas saludar. Están ansiosos por verte.

Frankie vio carteles con la fotografía oficial de su compromiso tomada en el balcón, en la que ella apoyaba la cabeza en el pecho de Matthias. También estandartes con su nombre impreso; la gente lanzaba confeti.

¿Estaría Leo disfrutando del espectáculo? Miró hacia atrás, pero la otra limusina los seguía a demasiada distancia como para ver a su hijo.

—¿Por qué no han venido Leo y Liana con nosotros? Hay sitio de sobra.

Sin mirarla, Matthias respondió:

—Por si pasara algo.

—¿Como qué? Leo nunca se marea. Se porta... —de pronto pensó en otro tipo de razón—. ¿Te refieres a que tengamos un accidente?

Matthias se encogió de hombros.

—O a que lo tengan ellos. O por si hay un ataque terrorista.

—¿Nunca vas a viajar con Leo?

Matthias miró a Frankie con solemnidad.

—No.

—Pero para venir aquí volaste con él.

—Fue inevitable, pero no volverá a repetirse. Está escrito en nuestra Constitución.

Frankie sintió un escalofrío y una profunda conmoción al pensar en el joven que había creído necesario incluir una cláusula de seguridad como aquella. Porque tenía que ser una reacción a la pérdida de sus padres y de su hermano.

Instintivamente, alargó la mano y tomó la de él. Matthias la miró sorprendido y ella se notó los ojos humedecidos por las lágrimas. Estaba hipersensible.

—¿No te parece una medida un poco extrema? —preguntó.

—No —replicó Matthias con frialdad.

—Es un niño. Él preferiría viajar con su padre y con su madre.

—Es mi heredero —dijo Matthias entre dientes—. Mantenerlo a salvo es mi prioridad.

Frankie prefirió pasar por alto que hablaba más como un rey preocupado por su heredero que como un padre a quien le importara la supervivencia de su hijo, y decidió que había un poco de las dos cosas.

—Entonces yo viajaré con él en el futuro —se limitó a decir.

—Tu lugar está a mi lado —la corrigió él, aunque con suavidad—. Y Liana está con Leo.

—Tú impusiste esa ley, ¿verdad? —preguntó ella.

—Sí. De haber existido con anterioridad… —Matthias dejó la frase inconclusa y Frankie se acercó más a él.

—Tus padres habrían sufrido de todas formas el accidente.

—Pero Spiro habría sobrevivido —dijo Matthias con expresión de dolor.

—Eso no lo puedes saber —musitó Frankie—. Tal vez vuestro coche también habría chocado, o más adelante habría pasado algo terrible. La vida no viene con una garantía —dijo con aplomo.

—¿Crees que no lo sé? —preguntó él con expresión torturada—. ¿Crees que no soy consciente de hasta qué punto dependemos del destino y del azar?

Su dolor era una roca que aplastaba el pecho de Frankie.

—Pues deja de intentar controlarlo todo —musitó, posando la mano en la mejilla de Matthias—. No quiero que nuestro hijo crezca atemorizado de su propia sombra. No quiero que crezca entre normas y edictos que le impidan seguir sus instintos naturales. Es nuestro hijo. Su sitio está con nosotros.

Se inclinó y apoyó la frente en la de Matthias a la vez que respiraba profundamente, y esa conexión fue tan íntima como la que habían compartido en la piscina.

—Mi responsabilidad es protegeros y, si es preciso, lo haré con mi último aliento.

Aquellas palabras sacudieron a Frankie hasta la médula y la dejaron momentáneamente sin habla.

Entonces, con una súbita comprensión, tomó el rostro de Matthias entre las manos y lo miró fijamente.

–¿Es eso lo que pasa? ¿Como no pudiste salvar a Spiro, pretendes asegurarte de que no nos ocurra nada malo a nosotros?

Supo que había dado en el clavo porque Matthias hizo ademán de echarse hacia atrás, pero ella lo retuvo y continuó:

–Eras un niño, Matthias. No pudiste hacer nada.

–¿Cómo lo sabes? –preguntó él con un abatimiento extraño en él–. No estabas allí. No sabes...

–Sé que, de haber podido, habrías salvado a tus padres y a tu hermano. Sé que, si hay alguien capaz de hacer lo imposible, eres tú, Matt. Tienes que perdonarte y liberarte del sentimiento de culpabilidad.

–Es más fácil decirlo que hacerlo –él suspiró y sacudió la cabeza–. No voy a cambiar de opinión respecto a la seguridad de Leo. Tendrás que respetar mi decisión.

Había vuelto a ser Matthias Vasilliás, el rey, inmutable, decidido. La carga emocional del instante se diluyó y Matthias se reclinó en el asiento, indicando que daba la conversación por terminada.

Frankie habría querido continuar, aliviar su dolor, pero en ese momento las ventanillas empezaron a bajar y solo tuvo unos segundos para acomodarse en el asiento y componer una expresión de aparente felicidad, a la vez que alzaba la mano y saludaba a la gente. El ruido era ensordecedor. Se oían gritos y aplausos, y los niños lanzaban flores al coche.

La conversación con Matthias tendría que esperar. Por su parte, él no parecía afectado. Sin sonreír ni saludar a la gente, se limitó a observar a Frankie y a cederle todo el protagonismo.

Ella estaba tan concentrada en la multitud que no

vio el castillo hasta que prácticamente llegaron. Cuando el coche se detuvo, exclamó con los ojos desorbitados:

—¡Matt, mira!

Él sonrió.

—Lo sé.

Era un castillo medieval, con altos torreones rematados con chapiteles. De pequeña, Frankie había leído un libro sobre los caballeros de la mesa redonda, y se había imaginado un castillo como aquel.

—Era el palacio de una familia prominente del siglo XII. Cuando las guerras civiles acabaron con parte de la nobleza, pasó a pertenecer a la Corona. Es nuestro parlamento; y el ala oeste se usa como galería para que los niños vengan a conocer la historia de su país.

—Nunca había visto nada igual.

—Espera a verlo del otro lado —bromeó él.

Y antes de que Frankie pudiera preguntarle a qué se refería, un guardia abrió las puertas. Los gritos de la multitud fueron atronadores. Frankie fue a bajar del coche, pero Matthias la retuvo, sujetándole la mano.

—¿Estás bien? —preguntó.

Ella frunció el ceño.

—Sí, ¿por qué?

—Todo esto puede resultar abrumador. ¿Necesitas algo?

Su inesperada consideración conmovió a Frankie.

—De verdad que estoy bien.

Mirándola con admiración, Matthias asintió. Frankie intentó recordar lo que había aprendido. Bajó del coche con la cabeza erguida y mirando a la multitud con expresión serena, sin hacer ninguna gesticulación que pudiera captarse en una fotografía o que fuera poco favorecedora. También se concentró en sus pasos porque llevaba tacones altos y una falda larga de tul. Le habían dicho que no debían darse la mano ni dirigirse muestras de afecto. Por eso le extrañó que Matthias la tomara por la cintura. Cuando lo miró, él le dedicó una amplia sonrisa y ella se la devolvió. Entonces él se inclinó y le dio un ligero beso en la punta de la nariz. Y la multitud enloqueció.

Matthias alzó la cabeza, pero siguió sujetándola en un gesto protector, y Frankie pensó que las llamas de deseo que le recorrían el costado eran mucho más peligrosas que cualquier amenaza o temor que él pretendiera ahuyentar.

Matthias la guio hacia la gente, y los niños, que estaban colocados delante, le hicieron regalos. Docenas de tarjetas, flores, osos de peluche. Y ella agradeció cada uno antes de pasárselo al oficial que la seguía discretamente. En la escalinata del palacio, Leo y Liana se unieron a ellos. Esta estiró la camisa al niño y se lo pasó a Matthias. Con su hijo en un brazo, y el otro brazo alrededor de la cintura de la mujer con la que iba a casarse, los tres saludaron a la muchedumbre.

La sonrisa de Frankie era luminosa, pero fingida. La compasión que sentía por Matthias le partía el corazón y le hacía sentir la cabeza pesada. No quería que sufriera como lo hacía. Había descubierto que el dolor formaba parte intrínseca de él. Había definido su visión de la vida. Y, probablemente, del amor.

Matthias ladeó la cabeza hacia ella y Frankie creyó que el corazón le iba a estallar en el pecho. Quizá él no la amaba, o ni siquiera era capaz de amar. Pero ella supo con toda certeza que en algún momento y sin saberlo, había cometido el terrible error de enamorarse de su futuro marido.

El interior del palacio era tan espectacular como el exterior. El suelo de mármol blanco del vestíbulo conducía a una magnífica escalera central del mismo material. Cuando entraron, una arpista tocaba en un rincón, y de otras partes del palacio llegaba un murmullo.

—La fiesta se celebra en la azotea —dijo Matthias.

—Muy bien —repuso Frankie.

Pero su mente seguía alterada por el descubrimiento que acababa de hacer. ¡No podía amar a Matthias! Tenía que ser una mezcla de deseo y de atracción, puesto que apenas lo conocía. Pero no. En algún momento se había enamorado del hombre que proclamaba su desdén por el amor, el hombre para quien no era más que un obstáculo en la vida. ¡Cómo podía ser tan estúpida!

—¿Estás bien? —preguntó él de nuevo, con Leo sentado en su cadera como si hubiera estado ahí toda su vida.

—Umm… —masculló ella sin atreverse a mirarlo.

—Por favor, Frankie, no te preocupes por la seguridad de Leo. Yo os protegeré a los dos.

Ella entonces lo miró, asintiendo. No podía permitir que Matthias supiera a qué se debía su consternación.

Subieron las escaleras en silencio. Frankie se dio cuenta de que Matthias había tenido razón cuando le había dicho que pronto dejaría de notar la presencia de los sirvientes, como los que en aquel momento se apostaban en los extremos de los escalones, vestidos con uniformes militares. En lo alto, había cuatro guardias, dos a cada lado de una enorme puerta doble de madera tallada con impactantes escenas que a Frankie le habría encantado poder estudiar.

Cuando los alcanzaron, los guardias se inclinaron al unísono.

—¡Policía! —gritó Leo. Y uno de los guardias no pudo contener una sonrisa, que reprimió al instante.

El más alto de ellos golpeó tres veces la puerta con un cetro de oro y esta se abrió como por arte de magia.

En la azotea, aunque estaba llena de gente, reinaba un silencio sepulcral. En el centro había un espacio vacío y para llegar a él se había formado una especie de pasillo.

Manteniendo la mano en la cintura de Frankie, Matthias siguió adelante. También ellos guardaban silencio. Leo, no.

–¡Mamá, gente! ¡Mucha gente! –exclamó, dando palmaditas. La gente estalló en una carcajada y él también. Entonces se tapó los ojos con las manos y quitándolas, gritó–: ¡Cucú!

Hubo una nueva carcajada, a la que se unió Frankie, mirando a Matthias con resignación.

–Y yo que temía que estuviera nervioso –musitó él.

–Parece que tenemos un *showman* en potencia –dijo ella, mientras Leo seguía jugando a cucú-tras con los divertidos presentes.

Poco a poco volvió el sonido de las conversaciones y Frankie se animó a mirar alrededor de la terraza. Entonces notó algo familiar y al mismo tiempo sorprendente.

–¡Mis cuadros! –dijo perpleja.

En la pared interior colgaban algunas de sus pinturas, a las que la luz del atardecer bañaba con un precioso color dorado.

–¿Cómo es posible...?

Matthias la miró impertérrito.

–Ya no puedes vender tus cuadros, Frankie, no sería apropiado. Pero eso no significa que el mundo deba privarse de ellos.

–Pe-pero... iban a exponerse en Nueva York.

–Los he comprado todos.

–¿Por qué? Con que me lo hubieras dicho, habría llamado a Charles y...

–¿Y le habrías dejado sin su comisión? –Matthias

negó con la cabeza–. Si te eligió es porque es bueno en su trabajo. Debía ser recompensado adecuadamente.

Su perspicacia, unida al halago implícito, conmovió a Frankie.

–No tenía ni idea de…

–Eso pretendía.

Frankie sintió la esperanza brotar en su pecho ante un acto tan dulce e inesperado.

–Gracias –musitó al tiempo que Liana se acercaba–. Estoy emocionada.

Y, como si temiera que le diera más significado del que tenía, Matthias se irguió.

–Era lo justo, Frankie. Tu arte merece ser disfrutado, pero no puedes vender tus cuadros porque podrían acusarte de aprovecharte de tu posición. Y puesto que este es tu país, lo lógico es que cuelguen de las paredes del palacio.

A pesar de que lo hiciera sonar como algo simplemente razonable, no consiguió quitar valor al gesto, porque para Frankie era imposible creer que hubiera sido motivado exclusivamente por una cuestión pragmática. Tenía que haber algo más…

Matthias alababa su arte, pero su arte era ella. Cada cuadro era una expresión de su alma, de su ser. Apreciarlo, era apreciarla a ella.

–Vamos, *deliciae*, todo el mundo está ansioso por conocerte. Confío en que no estés cansada.

Primero la presentó al Primer Ministro y durante las tres horas siguientes, Frankie conoció y habló con más gente que en toda su vida.

Matthias permaneció a su lado todo el tiempo, observándola atentamente, rodeándole la cintura con el brazo y despertando en ella un profundo deseo con la proximidad de su cuerpo y con el fuego de su mirada.

Cuando llegó la hora de partir, Frankie estaba exhausta, pero también reavivada por la esperanza que palpitaba en su pecho y que se resistía a apagar.

En una semana se casaría con el hombre del que estaba enamorada, y quería confiar en que, algún día, también él llegaría a amarla. Nadie podía culpar a Matthias por haber congelado su corazón. Solo así había conseguido superar su pérdida y su tragedia. Pero ella estaba decidida a descongelárselo.

Capítulo 10

HAS ESTADO muy bien —dijo Matthias a Frankle, que entraba en el dormitorio con un camisón de seda largo.

Durante toda la ceremonia se había saltado el protocolo y había mantenido el brazo alrededor de su cintura porque necesitaba tocarla. Y la fuerza de ese impulso lo había desconcertado.

Inicialmente, había querido tranquilizarla y protegerla, tal y como le había dicho en el coche. Aunque ella le hubiera dicho que estaba bien, había percibido su nerviosismo. Pero en cuanto llegaron a la terraza y empezó a cautivar a todos sus parlamentarios usando el poco tolmirón que había aprendido desde su llegada, otro sentimiento había brotado en él. Algo oscuro y siniestro, que rechazó al instante: celos.

No había querido compartir a Frankie.

Todo el mundo quería pasar un rato con ella, y Frankie era tan generosa y entregada que habrían tenido que quedarse otras tres horas de no haber cerrado él la ceremonia con un discurso. Ni siquiera en ese momento había dejado de mirarla, y, cuando vio cómo la brisa le levantaba unos mechones de cabello y los hacía flotar hacia el mar, se dijo que también el viento y el océano pensaban que Frankie formaba parte de Tolmirós.

Entornando los ojos, apartó aquellos absurdos pensamientos de su mente con determinación.

–Lo he pasado bien –dijo Frankie–. Parece que sí me gusta ser el centro de atención.

Matthias fue a decir algo, pero se quedó mudo al verla alzar los brazos y empezar a cepillarse el cabello largo y ondulado; luego, al hacer el gesto de recogérselo en un moño flojo, se le alzaron los senos y sus pezones endurecidos se perfilaron contra la seda.

Ajena a la excitada inspección de Matthias, Frankie añadió:

–Puede que hayas creado un monstruo.

Matthias estaba de acuerdo, pero el monstruo era muy distinto al que sugería Frankie. Estaba dentro de él y corría un serio peligro de obsesionarse con ella.

De nuevo.

Pero aún más que en el pasado. La deseaba, anhelaba su cuerpo de día y de noche con una avidez que no había sentido desde la adolescencia. Pero aquella tarde había descubierto que eso no era todo. No quería que prestara atención a nadie más. No quería que charlara, riera o le interesara nadie más que él.

La había oído hablar de su infancia y le había molestado que compartiera detalles personales con un desconocido.

Matthias reconocía el peligro que escondían esos sentimientos y los rechazaba.

–Era una broma –Frankie lo estaba mirando con curiosidad–. Me refiero a que me ha resultado menos abrumador de lo que esperaba.

Matthias asintió.

–Se te da muy bien.

–¿Lo crees de verdad?

Que Frankie tuviera la menor duda de su actuación abrió una brecha de vulnerabilidad en el pecho de Matthias, que quiso protegerla de inmediato de cualquier inseguridad. Pero reprimió el impulso de dedicarle más alabanzas y elogios, porque iban acompañados de promesas que no se creía capaz de cumplir.

—Sí —dijo cortante—. Y tienes una semana ocupada por delante.

—¿Ah, sí?

—Durante los días anteriores a la boda, vendrán numerosos dignatarios y diplomáticos a conocer a la futura reina. Tendrás muchas citas.

—Es verdad, lo había olvidado —dijo Frankie pensativa.

—¿Te preocupa?

—Aparte de que me gustaría hablar tolmirón mejor, no. No me cuesta charlar con desconocidos —dijo ella, sonriendo.

A Matthias se le contrajo el estómago.

—Ya lo he visto.

Frankie dejó de sonreír.

—¿No te parece bien? —preguntó. Y se sirvió un vaso de agua de una jarra que había al otro lado de la habitación.

—Sí —dijo él malhumorado, sin poder apartar los ojos de ella.

Frankie fue hacia él, esbelta y grácil. Hacía una noche cálida y la brisa marina entraba por las ventanas abiertas.

Ella se sentó en la cama y Matthias sintió un hormigueo en los dedos al pensar en alargar la mano y acariciarle la piel.

—La gente te admira —comentó Frankie.

Matthias se encogió de hombros.

—Soy su rey.

—Sí —Frankie pareció reflexionar y añadió—: Y hoy lo parecías.

—¿Otras veces no?

–Ser rey forma una parte tan integral de ti que sigo sin entender por qué no me dijiste quién eras cuando nos conocimos. O lo que ibas a ser.

–Fue una novedad conocer a alguien que no me reconocía –dijo Matthias con sinceridad–. Y me gustó que me trataras como si fuera un hombre cualquiera.

–Un hombre cualquiera, no. Eras distinto a todos los que había conocido –dijo ella con la dulzura de una caricia, mirándolo fijamente con sus ojos como océanos–. Me dejaste fascinada.

Matthias intentó no dejarse afectar demasiado por aquellas palabras, a pesar de que con cada una de ellas Frankie le arrebataba un fragmento de su ser.

–Eso era lujuria, deseo –dijo con desdén.

Y para demostrarlo, le tomó una mano y le besó el delicado punto del pulso en la muñeca. Entonces, sosteniéndole la mirada, deslizó los labios hacia su palma y luego al pulgar, que le mordisqueó. Ella cerró los ojos al tiempo que se le aceleraba el pulso.

–Fue más que eso –dijo con voz ronca.

Matthias se impacientó.

–El deseo es una droga poderosa, especialmente para alguien sin experiencia.

–Ya había conocido antes a hombres que me gustaban –dijo Frankie, bajando la mirada–. Pero nunca había fantaseado con cómo sería…

Matthias volvió a sentir una inoportuna punzada de celos. Ella continuó:

–Pero al conocerte fue como si estuviera destinada a estar contigo. Como si te necesitara tanto como respirar.

–Así es como debería ser siempre –musitó él, porque había sentido exactamente lo mismo.

–¿El qué?

–Acostarse con alguien. Tendría que suceder cuando

el deseo es tan intenso que se hace inevitable –Matthias la observó con la fuerza del deseo que sentía por ella.

Ella se ruborizó.

–¿Tú… has sentido eso… antes? ¿Con otras mujeres?

Esa pregunta tenía tantas implicaciones… Las expectativas de Frankie eran tan obvias que Matthias padeció por ella. Y por eso mintió, porque era lo mejor para ella. Porque, si le decía que nunca había sentido nada igual, Frankie creería que tras esa afirmación había una promesa que él nunca podría cumplir.

–Sí.

Bajó la mirada a los labios de Frankie y pensó en besarla y demostrarle que bastaba con el deseo que los devoraba. Pero Frankie le había dejado claro lo que sentía y él debía respetar su petición aun cuando representara una tortura.

–En eso consiste el buen sexo.

Era el mismo sueño que había tenido cientos de veces. Estaba en el coche, olía a carne y a pelo quemado, a humo y al metal caliente que los rodeaba. La adrenalina le recorría las venas mientras las llamas avanzaban por la limusina. Estaba atrapado. Reconocía esa sensación. Tiró del cinturón de seguridad, pero no se movió.

Le picaban los ojos. Sus padres estaban muertos en los asientos delanteros. Miró hacia ellos con el pecho agitado y vio el rostro de su madre congelado en una mueca de horror, como si se hubiera quedado dormida en medio de una pesadilla.

Se volvió hacia Spiro con aprensión, intentando despertar, deseando poder retroceder dentro del sueño, volver a la realidad que lo provocaba y conseguir cambiarla. Pero no era posible: estaba obligado a revivir aquel suceso, el instante en el que se había quedado solo en la vida, una y otra vez.

¡Pero no era a Spiro a quien veía! A su lado, con el rostro ensangrentado, estaban Frankie y Leo.

Sintió sabor a vómito en la boca y tiró del cinturón. Nada. Jurando, llamó a Frankie, pero ella no se movió. Leo estaba inmóvil, como un maniquí, tan pequeño, tan frágil…

Alargó la mano y tocó el cabello rubio de Frankie, apelmazado por la sangre.

–¡Frankie! –la llamó con desesperación, tirando del cinturón una vez más.

Nada. No tenía fuerza. No podía ayudarla.

–Frankie –gritó de nuevo.

Ella alzó la cabeza y lo miró, pero no tenía sus ojos verdes, sino los grises de Spiro y de Leo.

–No puedes salvarnos –musitó–. Déjanos ir. Déjame ir.

Matthias se despertó empapado en sudor. Se volvió hacia Frankie y estuvo a punto de gritar de alegría al verla dormir profundamente. Pero el sueño había sido tan vívido que no lograba separarlo de la realidad.

–Frankie –le sacudió el brazo.

Ella abrió los ojos lentamente.

–¿Matt? –en la nebulosa del despertar, lo llamó por el nombre que le había dado en Nueva York–. ¿Pasa algo?

Poco a poco, Matthias calmó su respiración. Entonces sacudió la cabeza y dijo:

–Duérmete, Frankie. No pasa nada.

Frankie miró el vendaje que tenía Leo en el brazo con una mezcla de rabia e impotencia.

–Liana –dijo con una serenidad que contrastaba con lo que sentía–, ¿qué es esto?

Liana esquivó su mirada.

–El médico.

–Entiendo –dijo Frankie con la respiración agitada.

Se casaba a la mañana siguiente y la semana anterior había estado tan ocupada que no había podido prestar suficiente atención a Leo.

–Pupa –dijo el niño mirándola y señalándose el brazo–. Mucha pupa.

–Me lo imagino –dijo ella con el corazón encogido. Y se agachó a darle un beso. Él continuó con un dibujo en el que se entretenía y Frankie, incorporándose, dijo a Liana–: Disculpe.

Y salió con paso firme.

–¿Dónde está el rey? –preguntó al primer guardia que encontró.

El hombre la miró sorprendido y Frankie supuso que se percibía su irritación.

–Es-está ocupado.

Frankie se irguió y alzó la barbilla.

–¿Dónde-está-mi-prometido?

Con gesto de inquietud, el guardia dijo algo en un dispositivo que llevaba en la muñeca. Se oyó una voz entrecortada respondiendo y el guardia anunció:

–Está en el jardín del oeste. La acompaño.

Frankie no sonrió. Estaba furiosa. ¿Cómo osaba Matthias hacer una prueba de ADN a Leo sin ni siquiera decírselo?

Su enfado se incrementó a lo largo del recorrido hasta que salieron a un bonito jardín con árboles y flores. Al fondo había una pista de tenis; Matthias estaba en el lado más alejado, golpeando unas pelotas que lanzaba una máquina. Mientras se acercaba, Frankie barrió el entorno con la mirada: había aprendido a detectar a los guardias de seguridad.

–Diga que nos dejen a solas –dijo al guardia con aspereza. Aunque le daba lo mismo que la oyeran discutir con Matthias, pensó que se autocensuraría si pensaba que tenían espectadores y quería expresar su rabia libremente.

–Sí, señora –el guardia volvió a hablar por el dispositivo que tenía en la muñeca.

Dos hombres salieron de la periferia de la pista y fueron hacia el palacio.

Frankie esperó a que entraran y, encaminándose con paso decidido hacia la pista, entró abriendo con brusquedad la portezuela de metal. Una bola salió de la máquina y Matthias la golpeó con fuerza hacia el otro lado de la pista.

–Tengo que hablar contigo –dijo Frankie, caminando hacia la máquina y observándola–. ¿Cómo se apaga este maldito aparato?

Matthias sacó un mando del bolsillo, apretó un botón y la máquina se paró.

–Dime –dijo con una calma que sacó a Frankie de quicio.

–¿Has hecho un análisis de sangre a mi hijo sin avisarme?

Matthias cruzó la pista con lentitud. Llevaba unos pantalones cortos y una camiseta que se pegaba a su sudado torso y a Frankie le irritó aún más seguir encontrándolo irresistible a pesar de lo furiosa que estaba con él.

–Sí te avisé –dijo Matthias. Y tras descansar la raqueta en la red, se plantó delante de Frankie.

–¿Cuándo me dijiste que ibas a hacer algo tan... agresivo?

Matthias frunció el ceño.

–No ha sido agresivo. Solo un pequeño pinchazo.

Liana me ha dicho que le anestesiaron el brazo, así que no sintió nada…

—¿Ni siquiera fuiste con él? –preguntó ella perpleja.

Matthias se rio.

—Estoy muy ocupado, *deliciae*.

—¡Es tu hijo! –gritó Frankie, empujándole el pecho con las manos.

Fue como golpear una pared. Frankie gimió de frustración y le empujó con más fuerza.

—Ya lo sé –Matthias habló con calma–. Te expliqué por qué el análisis era necesario.

—¡Pero no me dijiste cuándo y no me has avisado! ¡Soy su madre! He estado a su lado siempre que ha estado enfermo o que ha ido al médico. ¿Cómo te atreves a ocultármelo?

—Tranquilízate, Frankie. No es para tanto.

—¿Que no es para tanto? –Frankie le golpeó el pecho con los puños.

Matthias la observó impasible unos segundos, antes de sujetarle las muñecas. Pero la furia de Frankie era incontenible. Empezó a patalear y a retorcer las manos para que la soltara. Cuando no lo consiguió, lo embistió con el cuerpo. Entonces él la abrazó y la apretó contra sí.

—¡Suéltame! –gritó–. ¡No me puedo creer que le hayas hecho un análisis de sangre a Leo! No tenías derecho a…

—Es mi hijo –le susurró él al oído–. Y sabes que tenía que hacerle una prueba de paternidad.

—¡No es tu hijo!

Esas palabras sorprendieron a Matthias lo bastante como para que aflojara el abrazo y ella pudiera empujarlo y separarse de él.

—¿Cómo va a serlo si hablas de él con tal indiferencia? –preguntó con la mirada encendida y la respiración agitada–. Ni siquiera lo acompañaste porque no sabes hasta qué punto algo así puede asustar a un niño. Ni se te ocurrió avisar a su madre. ¡No tienes sentimientos! ¡Qué idiota he sido creyendo que podías cambiar!

Se calló y miró a Matthias, descorazonada, al tiempo que él mascullaba algo que ella no entendió. Entonces él se acercó, la tomó de la cintura y la atrajo de nuevo hacia sí. Antes de que Frankie intuyera lo que iba a hacer, la besó apasionadamente, saboreándola, torturándola. Ella gruñó enfadada, pero al instante se lo estaba devolviendo con fiereza, como queriendo herirlo con la intensidad de su beso. Tiró de su camiseta con brusquedad, impaciente. La rabia parecía haber sido la gota que colmaba el vaso, y todas las emociones que tanto se había esforzado por contener emergieron como un volcán en erupción. Estaba furiosa, pero también sentía un deseo agazapado en su interior que ya no quería ignorar, sino que quería usarlo para anestesiar su rabia.

–Te odio –dijo. Y en ese momento era verdad.

Matthias se quedó un instante paralizado, antes de inclinarse, levantarla en brazos y entrelazarle las piernas a su cintura. La fuerza de su erección tuvo el efecto en el cuerpo de Frankie de debilitarla, de succionarle la energía.

–Te odio –repitió. Pero inclinó la cabeza y le besó el hombro a pesar de que sentía la garganta en carne viva por la furia.

–Mejor para ti –dijo él en tono sombrío. Y Frankie estaba tan enfadada que no percibió la resignación que había también en su voz.

Matthias le comunicó sus emociones con su lengua, que usó como un látigo; con la presión con la que la apretó contra sí; con la dura erección de su miembro. Y aunque Frankie no sabía qué hacer con esas emociones, tampoco le importó. El pensamiento lógico, el sentido común, la razón, habían saltado por los aires. Solo podía sentir y desear. Empujó el pecho de Matthias y serpenteó en sus brazos. Matthias se sentó en el suelo con ella en el regazo, mirándola fijamente.

Ella ignoró la mirada. Lo ignoró todo. Sus dedos encontraron la cintura de los pantalones cortos de Matthias y tiró de ellos hacia abajo; él se los quitó, a la vez que las deportivas, y le bajó a ella las bragas con ávida impaciencia. Frankie buscó la cremallera de su falda, pero antes de que la encontrara, Matthias la miró con expresión inquisitiva. En Frankie solo cabía la rabia y la necesidad. Maldijo entre dientes y asintió con un gemido. Entonces él la penetró profundamente.

Los gemidos de Frankie se intensificaron al sentirse recorrida por el placer que llevaba tanto tiempo negándose y volver a sentir la perfección de sus cuerpos fundidos en uno. Matthias la embistió al tiempo que con una mano la sujetaba por la nuca y con la otra le asía las nalgas con firmeza. Pero no era suficiente para Frankie. Tirando de él, masculló:

—Échate.

Y Matthias obedeció, tumbándose y quedándose bajo ella. Entonces Frankie giró las caderas y sintió un poder que nunca olvidaría. Vio el rostro de Matthias palidecer y cómo se le alteraba la respiración; vio en sus ojos el deseo que le recorría las venas y se sintió victoriosa. Excepto que no había ganado, sino que había perdido la batalla. El triunfo era de Matthias. Aquello era puro sexo; no había amor. Frankie ahuyentó esa idea porque las emociones que despertó en ella le atenazaron la garganta y sabía que en aquel instante no conducían a nada. Miró a Matthias y pausó sus movimientos.

—Dime que esto no significa nada —dijo retadora,

sorprendiéndose a sí misma–. Dímelo mientras estás dentro de mí. Dime que yo no significo nada.

Notó lágrimas calientes deslizándose por sus mejillas. Matthias la sujetó por las muñecas y la hizo rodar sobre la espalda. Entonces empezó a mecerse dentro de ella con suavidad y luego la besó lentamente, atrapándola bajo su cuerpo. El dolor de Frankie era tan intenso como el deseo. ¿Alguna vez dejaría de serlo? Matthias era un maestro, un hombre experimentado. A pesar de la rabia que le ardía en el pecho, el placer era igualmente ardiente. Matthias hizo girar las caderas y Frankie sintió una ola crecer en su interior, arrastrarla a los límites de la cordura y propulsarla al otro lado. Matthias la asió por los hombros y se adentró más profundamente en ella. Frankie gritó su nombre una y otra vez al tiempo que alcanzaba el clímax. Pero no tuvo tiempo de recuperarse, o de procesar lo que había pasado. Él la besó en la base de la garganta y deslizó la mano por debajo de su blusa para encontrar sus senos. Frankie se sintió incandescente de nuevo y mientras Matthias la arrastraba una vez más al límite, se besaron con desesperación, hasta que los dos estallaron al unísono en un devastador e inexorable clímax... tal y como Matthias había dicho que sucedería.

Capítulo 11

L A ENAJENACIÓN los había unido, pero al disiparse esta, volvió la confusión y el arrepentimiento. Frankie sentía el cuerpo pesado de Matthias sobre ella y en otro lugar, en otro momento, estaba segura de que habría yacido así todo el día, saciada, acariciándole la espalda con un deseo renovado.

Pero la rabia había estado en la raíz de aquello, y una vez se disiparon los vapores de la sensualidad, la furia emergió de nuevo.

—¡No me puedo creer que hayas sido capaz de esto!

Matthias se incorporó sobre el codo y con la mirada enturbiada por una emoción inescrutable, dijo:

—Tú has… Ha sido mutuo.

—Me refiero al análisis de sangre, no al sexo.

Matthias pareció aliviado. Se puso en pie y le tendió la mano, pero Frankie se levantó por sí misma, se estiró la blusa y la falda y decidió no humillarse yendo a por sus bragas, que estaban a unos metros.

Matthias resopló.

—El Parlamento lo exige. Ya está hecho. No tiene sentido discutir por algo que no podemos cambiar.

Tan sencillo como eso. Matthias el pragmático. Como respecto a su matrimonio. Como con todo.

—Eres increíble —masculló Frankie, mirando hacia el palacio—. Pensaba que nuestro matrimonio tenía algún sentido, que podía asumirlo —cerró los ojos como si con ello cerrara su corazón. Podía ver lo adictivo que era el sexo con Matthias y cómo podía destruirla poco a poco—. Pero Leo… Leo se merece mucho más.

Se produjo un tenso silencio. Cuando Frankie volvió a mirar a Matthias, se había puesto los pantalones cortos, pero podía ver su pecho agitado por la respiración. Finalmente, él dijo:

—La boda se celebrará mañana.

—Pero nunca seremos una familia, ¿verdad? —preguntó Frankie con la voz cargada de emoción.

—Tú serás mi esposa y Leo es mi hijo.

—Sí, claro, una vez tengas el resultado de la prueba —replicó Frankie airada.

Él la miró con expresión sombría.

—La prueba de ADN lo convertirá legalmente en mi heredero. Yo no la necesito para saber que es mi hijo. Nunca lo he dudado —dijo con calma, intentando tranquilizarla.

—Nunca me amarás, ¿verdad? —preguntó Frankie en un susurro.

Un sentimiento parecido al pánico cruzó el rostro de Matthias y el corazón de Frankie se hizo añicos. Aun así contuvo el aliento y esperó…Hasta que Matthias negó con la cabeza.

—Siempre te he dicho que el amor no forma parte de esto.

Frankie sintió un dolor más intenso del que esperaba. Después de lo que acababa de suceder, el rechazo se hacía aún más insoportable.

—¿Y eso no va a cambiar nunca? —insistió a pesar de sí misma.

—No.

Ni el más mínimo titubeo. Ni el más mínimo balbuceo.

—¿Y lo que acaba de pasar no significa nada para ti?

Matthias apretó los dientes y desvió la mirada. Frankie se tomó su silencio como una admisión.

—Pero a Leo sí lo quieres, ¿no? —preguntó, recordando enfadada la venda en el brazo del niño.

La pausa de Matthias fue como el filo de un hacha cayendo sobre su cuello. Toda esperanza que Frankie albergara se disipó.

—Es mi hijo —dijo Matthias con un brillo de pánico en los ojos.

—¡Por Dios, no es un objeto! —le espetó Frankie—. ¡No es un objeto que puedes tomar y dejar! Leo es un niño de carne y hueso al que tu trono, tus tradiciones y tu helado corazón le dan lo mismo. Lo único que quiere es un padre y una madre con los que jugar; unos padres que lo adoren y que se sientan orgullosos de él, que quieran pasar tiempo con él y festejar sus logros.

Un músculo palpitó en la mejilla de Matthias como si estuviera a punto de perder la paciencia.

—La realeza no actúa así.

—¿Quién lo dice? ¿Cómo fue tu infancia? Dudo que fuera tan fría como la que propones para Leo.

—¿Qué sabes tú de mi infancia? —preguntó Matthias con una engañosa calma.

Frankie apretó los labios y entonces su rabia volvió a estallar.

—Nada. Pero sí sé cómo fue la mía, y sé que mis padres me quisieron incluso aunque no tuvieran motivos para ello —entornó los ojos—. Mis padres biológicos me dieron en adopción, Matthias, porque, como tú, fueron capaces de cerrar su corazón a su propia hija. Y yo no voy a consentir que Leo sienta nada parecido.

—¿Eres adoptada? —preguntó Matthias sin aparente emoción.

—Sí —dijo ella desafiante.

—¿Por qué no me lo habías dicho?

–No ha surgido –dijo Frankie. Se mordió el labio inferior antes de añadir–: Y porque… lo he vivido con vergüenza, Matthias. He vivido sabiendo que quienes más debían quererme no me querían.

Un destello de compasión iluminó los ojos de Matthias.

–Ojalá me lo hubieras contado antes.

–¿Qué diferencia habría hecho? –musitó Frankie.

Se miraron en silencio y entonces Matthias dio un paso hacia ella, pero Frankie se tensó.

–Forma parte de ti, de la mujer en la que te has convertido –dijo él finalmente–. Me habría gustado haber hablado de ello contigo, contribuir a que no sufrieras por lo que hicieron dos personas hace veinticuatro años.

–Lo dices como si hablaras de vender una casa –musitó ella, sacudiendo la cabeza–. Mis propios padres no me quisieron. Quizá así entiendas por qué no quiero que Leo sienta nada parecido.

Sus palabras como dardos aguijonearon a Matthias, que se tensó visiblemente.

–La gente da a sus hijos en adopción por distintas razones –reflexionó él–. A menudo porque es mejor para ellos. ¿No te has planteado que tus padres pensaran que estaban haciendo lo correcto?

–Claro que sí –dijo Frankie con la voz cargada de emoción–. Me he pasado la vida intentando comprender por qué mi madre no me quería, y decidida a no cometer el mismo error –miró en la distancia con expresión distraída–. Por eso me dije que cuando tuviera una familia sería con un hombre con el que pasaría el resto de mi vida. Un hombre al que respetara y que me amara para siempre; alguien que quisiera a nuestros hijos como si fueran su razón de ser. Pensé que me enamoraría, y tendría hijos y que por fin me sentiría… –tuvo que tomar aire para no estallar en llanto–. Que por fin me sentiría querida.

Sus palabras resonaron como latigazos.

–*Deliciae…*

Pero Matthias no supo qué decir.

Con ojos humedecidos, Frankie continuó:

–Y entonces te conocí y mi propósito de preservarme para el matrimonio saltó en pedazos. Descubrí que estaba embarazada y que tenía que criar a mi hijo sola –se secó los ojos con brusquedad–. Aunque no fuera lo ideal, me dije que podría dar a Leo lo mejor de mí. Además, contaba con el amor de mis padres.

Matthias la observaba con gesto de concentración, completamente inmóvil.

–Jamás pensé que lo educaría como el príncipe heredero de un hombre que no está dispuesto a darle el amor que se merece. Un hombre que no sabe cómo querer a su propio hijo.

Y entonces Frankie dejó que las lágrimas rodaran libremente por sus mejillas, mirando a través de ellas a Matthias con el corazón roto.

–Nunca te he mentido –dijo él finalmente.

Y Frankie cerró los ojos con resignación.

–Lo sé. Sabía que era difícil que me amaras y había intentado asimilarlo, asumir que finalmente aceptaba un destino contrario al que me había prometido –se irguió y se cuadró de hombros–. Pero estaba dispuesta a hacerlo para que Leo contara con su padre, para que tuviera todo lo que le correspondía por nacimiento.

Matthias frunció el ceño.

–Y eso es lo que tendrá. Es el príncipe de Tolmirós. No le faltará nada.

–Vamos, Matthias, no seas absurdo. A los niños no les importan las cosas. No les importa el poder. Leo quiere ser amado. Tan sencillo como eso.

—Haré todo lo que esté en mi mano para cuidar de nuestro hijo, Te dije que lo protegeré hasta mi último aliento…

Frankie se estremeció.

—¿Crees que eso es bastante?

Matthias asintió lentamente.

—Tiene que serlo. Es todo lo que puedo hacer —se aproximó a ella hasta casi tocarla—. Soy como soy. Nunca te he mentido ni te mentiré. No te he prometido nada que no pueda cumplir.

Frankie se mordió el labio inferior para impedir que le temblara. Él continuó:

—Nuestro hijo tendrá un hogar y un futuro, lo educaremos como una familia, tal y como he dicho siempre —Matthias mantenía la espalda rígida, como si fuera de acero—. Nuestra relación es ajena al lugar que ocupa Leo como mi hijo y heredero.

—Todo es una misma cosa —le contradijo Frankie.

—No —Matthias le acarició la mejilla—. Te he ofendido porque no te he dicho que estoy enamorado de ti e intentas hacerme daño utilizando a Leo.

—¡No! —exclamó Frankie—. ¡Jamás utilizaría a nuestro hijo como arma!

Matthias insistió.

—Me he solido preguntar por qué eras tan idealista respecto a las relaciones, por qué una mujer como tú se había negado el placer del sexo hasta tan tarde. Y ahora lo entiendo. Siempre buscas la seguridad, la promesa de que no serás abandonada. Pensabas que reservarte para el matrimonio te proporcionaría esa seguridad.

A Frankie le sorprendió que fuera tan incisivo. Matthias siguió:

—Optas siempre por lo seguro y, sin embargo, no comprendes que un matrimonio sin amor es más estable que el que se basa en los sentimientos. Estos cambian, se desvanecen. ¿No te das cuenta de que lo que te ofrezco es todo lo que siempre has querido?

Frankie sacudió la cabeza lentamente y sosteniéndole la mirada, aunque con expresión de tristeza, dijo:

–Si crees que eso es lo que quiero, no me conoces en absoluto.

Capítulo 12

¿CREES que yo quería esta boda? –preguntó Matthias.

–Ya sé que no –admitió Frankie. Y el dolor que se reflejaba en su rostro estuvo a punto de quebrar a Matthias.

–No sabes cuánto me gustaría darte todo eso que anhelas. Ojalá hubieras conocido a un hombre que te mereciera –dijo Matthias–. Ojalá no me hubieras conocido. ¿No sabes que me despierto a diario lamentando el sacrificio que te he pedido hacer? ¿Arrepintiéndome de forzarte a un matrimonio que no deseas?

–Entonces, ¿por qué lo haces? –musitó ella.

–Ya sabes la respuesta: no puedo dejar ir a Leo. Debe ser criado aquí, por ti, como mi hijo y heredero. Ni tú ni yo podemos interferir en eso.

Un gemido escapó de la garganta de Frankie.

–No puedo vivir aquí contigo –dijo, retrocediendo un paso.

–Tendrás que hacerlo –declaró él sombrío–. El matrimonio es la única opción posible.

Frankie asintió mientras lo miraba haciendo un esfuerzo por aparentar una fortaleza y determinación que Matthias no pudo por menos que admirar.

–Lo sé. No tengo la menor intención de privar a mi hijo del destino que le corresponde –tras una pausa,

Frankie añadió–: Cuando me propusiste el matrimonio, me dijiste que podía vivir en otro palacio.

–Mare Visum –Matthias recordaba la conversación y cómo había hecho esa promesa de buena fe.

Por entonces, le daba lo mismo dónde quisiera vivir ella. Pero en aquel momento no era así. La idea de Frankie viviendo en otra isla le encogía el corazón, y habría querido retractarse de esa oferta.

–Leo y yo nos mudaremos allí después de la boda –dijo ella, mirándolo fijamente.

–¿Huyes?

Frankie suspiró y cuando volvió a hablar lo hizo con un tono de paciencia que consiguió que Matthias se sintiera empequeñecido.

–Estoy intentando encontrar una solución. De haber pensado en huir, ya lo habría hecho.

Una vez más, y a pesar de que estaba en contra de lo que proponía, Frankie despertó la admiración de Matthias. En el fondo, instalar a Leo en otro palacio tenía sentido. Madre e hijo podían adaptarse a su nuevo estilo de vida mientras él seguía con la suya como si nada hubiera cambiado. Era lo mejor para todos. Pero, si era así, ¿por qué sentía el impulso de decir que no dejaría que su esposa y su hijo vivieran alejados de él?

La tentación de hacerlo fue tan fuerte que, para contrarrestarla, asintió bruscamente.

–Está bien. Como quieras. Después de la boda te mudarás discretamente a Mare Visum. ¿Te parece bien?

Por un instante, el gesto digno de Frankie se transformó en desilusión.

–Muy bien –dijo, endureciendo su expresión–. Tenías razón, Matthias. Resulta que sí soy capaz de ser realista.

Y dando media vuelta, se marchó de la pista de tenis

mientras Matthias la seguía con la mirada, diciéndose que la extraña desazón que sentía acabaría por diluirse.

Matthias siempre encontraba a Frankie guapa, pero al verla vestida de novia la encontró más hermosa que nunca. Cerró los ojos y se dijo que eso no era del todo cierto. Porque al recordar la primera vez que la había visto, sin gota de maquillaje, vestida informalmente, y con tan solo una sonrisa tan deslumbrante que habría podido lanzar al espacio un cohete espacial, se le contrajo el estómago.

También recordó su rostro la primera vez que habían hecho el amor, sus mejillas sonrosadas por la pasión, sus ojos verdes iluminados con un febril deseo, y tuvo que reprimir un gemido. Entonces pensó en su aspecto cuando habían hecho el amor el día anterior, en la pista de tenis, y cómo Frankie había estado tan enfadada, tan desesperada, tan hermosa y anhelante…

Pero por muy hermosa que estuviera en aquel instante, su rostro estaba velado por una tristeza de la que él era culpable. Mirándola a los ojos le había dicho que no la amaba, que le importaba su hijo y heredero, y que ella solo era una pieza necesaria para sus planes de futuro.

Luego había pasado la noche en vela y finalmente había comprendido lo que estaba en la raíz de la actitud de Frankie: el miedo a ser herida. No quería sentir nada por él, ni desearlo, ni necesitarlo, porque temía que le hiciera daño.

Y porque quería ser amada, y sabía que él no podía darle eso.

Sus ojos verdes tenían un brillo atormentado, apretaba los labios y estaba pálida. Teniéndola tan cerca, en el altar de la catedral, Matthias podía apreciar sus ojeras. Su sonrisa era forzada y sus manos, que mantenía entrelazadas, temblaban levemente. Tal vez solo él percibía aquellos detalles, pero saber lo que ella sentía y que aquel matrimonio era diametralmente opuesto a todo lo que siempre había deseado, y que, a pesar de todo, seguía adelante con ello, lo conmovió profundamente.

Miró a su alrededor, observando la majestuosa catedral que albergaba a sus difuntos padres y a su hermano; el mismo lugar en el que se había dirigido a una nación en estado de shock para tranquilizarla, y consiguió canalizar esa misma energía y sentido de la responsabilidad para bloquear sus pensamientos y sus necesidades personales.

En aquel momento, como entonces, le guiaba su deber hacia su pueblo, pero también debía tener en cuenta los deseos de Frankie. Por eso una vez se convirtiera en su reina, la dejaría ir para que viviera la vida privada que tanto ansiaba. Solo en ese sentido, podía proporcionarle lo que quería.

—Yo, Frances Preston… —dijo Frankie con voz firme— te tomo a ti, Matthias Andreas Vasilliás por esposo —se alegró de que empezaran los votos porque así a la gente no le extrañaría que tuviera los ojos empañados de lágrimas—. Prometo acompañarte en los buenos y los malos momentos, en la salud y en la enfermedad. Prometo amarte y honrarte hasta que la muerte nos separe.

Aliviada de haber dicho su parte, miró a Matthias y se estremeció.

—Yo, Matthias Andreas Vasilliás te tomo a ti, Frances Preston por mi esposa y reina. Prometo serte leal siempre, en la salud y en la enfermedad…

Frankie contuvo el aliento al saber lo que seguía, y

prepararse para oír de la boca de Matthias las palabras que tanto había deseado escuchar toda su vida, sabiendo que no eran sinceras...

–Prometo amarte y cuidarte el resto de mi vida.

Frankie no pudo evitarlo. Alzó los ojos a su rostro y vio que solo estaba cumpliendo con el papel que le correspondía en la ceremonia, que le disgustaba tanto decir aquellas palabra como a ella oírlas. Y su corazón, que no podía romperse porque ya estaba roto, acabó de hacerse añicos, diluyéndose y dejando atrás solo una fría aceptación de la realidad.

Aquel matrimonio era un fraude. El hecho de que entre Matthias y ella hubiera una química increíble no significaba nada. El sexo solo era sexo.

Y finalmente, los últimos vestigios de su infancia y sus ingenuos sueños se hicieron pedazos.

En cierta medida, aceptar la realidad hizo que el resto de la ceremonia le resultara más fácil. Afortunadamente, en la recepción había numerosos dignatarios con los que charlar y con quienes bailar y aprovechó cualquier oportunidad para evitar a Matthias.

Pero al final de la noche, llegó el momento de bailar con él. Todos los invitados y algunos sirvientes se apostaron alrededor del gran salón de baile y Frankie supo que aquella era la prueba de fuego. Durante los siguientes minutos tendría que fingir que era feliz. Matthias caminó hacia ella, mirándola con una intensidad que le aceleró el pulso y le apretó el corazón en un puño. Tomándola de la mano, la condujo al centro del salón.

Entonces el sacerdote se aproximó a ellos con un hilo de seda plateado en las manos. Cuando llegó a su lado murmuró unas palabras en tolmirón y a continuación unió sus manos con el hilo. Frankie recordó que le habían hablado de aquella parte de la ceremonia, pero no recordaba su significado.

Cuando sus manos estuvieron unidas, el sacerdote asintió y se alejó. Una música dulce y melodiosa empezó a sonar y Matthias acercó a Frankie hacia sí para que pudiera oír el latido de su insensible corazón.

–Este es el hilo del cangrejo de seda del Mediterráneo –explicó–. Es oriundo de las cuevas de Tolmirós. Su seda crece en las profundidades del océano. Desde que se conservan documentos, los monarcas han sido bendecidos por esta unión. Se dice que bailar atados con el hilo asegura un matrimonio feliz y duradero.

Frankie sintió un hormigueo en los dedos bajo la hermosa seda, pero se esforzó por hacer oídos sordos a lo que Matthias le contaba.

–Muy interesante.

Él guardó silencio el resto del baile, pero, cuando concluyó, permanecieron con las manos unidas, sonriendo a los invitados.

–¿Hemos acabado? –preguntó Frankie en voz baja.

Matthias la miró de soslayo con rostro inescrutable; entonces asintió y dijo:

–Sí, podemos marcharnos.

Frankie mantuvo una expresión serena y la espalda erguida mientras salían del salón acompañados por los aplausos y saludos de los invitados. Pero en cuanto llegaron a su residencia, tiró de la mano con fuerza.

Al ver que no se soltaba, sintió que se ahogaba.

–Por favor, quítamelo –dijo, mirando a Matthias a la vez que tiraba insistentemente.

Él la miró alarmado.

–Tranquilízate, *deliciae*…

–No me llames eso, por favor. Quítame el hilo. No puedo…no puedo respirar –repitió ella, tirando con fuerza hasta que Matthias le sujetó la mano.

–Estás apretándolo aún más. Estate quieta.

Pero Frankie siguió tirando frenéticamente, hasta que Matthias la tomó por el mentón y dijo con firmeza:

–Tienes que parar.

Finalmente, Frankie se quedó inmóvil, con los ojos desorbitados. Sin dejar de mirarla, Matthias buscó el final del lazo y lo deshizo. Luego fue soltándolos, pero tardó lo bastante como para que Frankie sintiera pánico. Cuando Matthias casi había acabado, ella tiró de la mano y se la frotó.

–Solo es un hilo –dijo él como si pretendiera calmarla.

Salvo que no era solo un hilo. Estaban casados, unidos para el resto de sus vidas ante la ley y por su hijo; y en el caso de Frankie, por amor. Pero su amor nunca sería bastante.

Tenía que separarse de Matthias lo antes posible.

Matthias miró el cuadro con enfado, y por centésima vez en las cuatro semanas desde que Leo y Frankie habían dejado el palacio, se planteó cambiarlo de sitio. El cuadro siempre le había distraído, pero al menos anteriormente representaba una distracción agradable. En el presente, solo lo hundía en un negro agujero de rabia, un abismo de desesperanzado realismo.

Frankie se había ido hacía cuatro semanas.

Volvió su atención a los documentos que tenía ante sí y siguió leyendo, hasta que los empujó de sí con un gesto brusco. Aunque era demasiado temprano, se sirvió un generoso whisky. Aspiró su aroma y se lo bebió de un trago antes de servirse otro.

Observó el cuadro detenidamente, fijándose en las pinceladas e imaginándose la mano de Frankie mientras las pintaba. En aquel instante odiaba aquel cuadro con toda su alma porque representaba a Frankie, su alma, y él nunca se había sentido tan distanciado de ella... ni la había tenido tan lejos.

Llamaron a la puerta.

—¿Sí?

Su ayuda de cámara, Niko, entró con un sobre marrón.

—El informe de seguridad de hoy —dijo. Lo dejó sobre el escritorio y se fue.

Llevaban cuatro semanas separados y él había reprimido el impulso de llamarla. Cada vez que iba a marcar el teléfono de Mare Visum, veía a Frankie tirando del hilo de seda, recordaba el pánico y la desesperación de su rostro, y se había dicho que llamarla sería egoísta. Así que ordenó que le mandaran un informe diario de seguridad para ver cómo se desarrollaba su vida. Fue hasta el escritorio y abrió el sobre. Normalmente incluía un folio mecanografiado con detalles de sus movimientos. Pero, cuando metió la mano, salió junto al papel un artículo de periódico. Empezó a leer con gesto de confusión.

¡Huevos para el príncipe! era el título.

Matthias leyó el breve artículo en el que contaban la sorpresa que había tenido el dueño de un café local al descubrir que la hermosa mujer rubia y el adorable niño de cabello oscuro que habían ido a desayunar eran ni más ni menos que la reina y el príncipe heredero.

Las fotografías, que debían de haber sacado los otros clientes, mostraban a Frankie y a Leo desayunando. No se veía a ningún miembro de seguridad. Ella llevaba una gorra de béisbol y Leo unas gafas de sol. Como disfraz, era un fracaso. Matthias podría haberlos reconocido a distancia.

Miró la fotografía enfadado. Frankie quería que la dejara en paz, pero él había confiado en que actuaría con responsabilidad respecto a su hijo. Salir con él sin protección… ¿Qué demonios estaba haciendo? ¡Podrían haberlos secuestrado! ¡O asesinado! ¿Y Frankie le acusaba de no preocuparse por Leo?

Matthias apretó los dientes, descolgó el cuadro de Frankie y lo lanzó al otro lado de la habitación. Luego lo miró, roto y desvencijado, y se dijo que se alegraba, que rompiéndolo había acabado con las distracciones. Pero al instante solo sintió vergüenza… Vergüenza y un profundo e intenso dolor.

Maldiciendo, recogió los trozos del cuadro e intentó recomponerlo.

—¡Maldita sea! —volvió a exclamar al no conseguirlo.

Había destrozado algo hermoso. Lo dejó sobre el escritorio tratándolo con un cuidado reverencial y, sin pensárselo, llamó a Niko y ordenó:

—Prepare el helicóptero.

—Sí, señor. ¿Cuál es el destino?

Matthias acarició el cuadro, las pinceladas a las que Frankie había dedicado tanto empeño, tanto amor, y dijo:

—Mare Visum.

Los colores no estaban bien. Frankie deslizó la brocha por el lienzo, pintando una línea gris sobre el negro que produjo un efecto evanescente. Estaba mejor. Pero seguía sin convencerle.

Retrocedió un paso para observarlo con el ceño fruncido. Había algo mágico en las noches del sur de Tolmirós. Había observado la luna ascender sobre el mar cada noche y había intentado capturar su etérea naturaleza en el lienzo, pero había fracasado una y otra vez.

Con un gruñido de frustración pasó un trapo por la parte baja del lienzo, convirtiendo en una mancha el mar que había pintado el día anterior, y luego dejó caer la cabeza entre las manos.

Estaba cansada. Solo era eso. No dormía bien. Y el estómago se le revolvió cuando la causa de sus males acudió a su mente: Matthias.

Hundió los dedos en el cabello y se soltó la trenza con otro gruñido de impaciencia. Había intentado borrarlo de sus pensamientos. Pero cada vez que creía haberlo conseguido, veía en la mente su bello rostro proyectado en tecnicolor.

Con otro quejido, miró el cuadro de nuevo, tomó una brocha, la impregnó de rojo y trazó una línea diagonal sobre el cuadro. Tal vez su nuevo don era destrozar y no crear arte.

Alzó la mano para dibujar una línea en la diagonal opuesta.

—¡Para!

La voz de Matthias hizo que se volviera. Desde la puerta, la estaba observando con una inmovilidad que tuvo el efecto contrario en el corazón de Frankie.

—¡Para! —repitió él,

Y Frankie se dio cuenta de que seguía blandiendo la brocha como si fuera una espada ensangrentada. Bajó la mirada y la alzó después de tomar aire.

—No sabía que fueras a venir —dijo con un tono levemente crispado—. Supongo que quieres ver a Leo, pero está…

Matthias entró en la habitación y Frankie contuvo el aliento, observándolo mientras se acercaba hasta quedarse ante ella y quitarle la brocha de la mano.

—Para —dijo él por tercera vez, recorriendo el rostro de Frankie con la mirada.

Estaba tan cerca que ella podía sentir el calor que emanaba de su cuerpo, tan cerca que su aroma la embriagaba, tan cerca…

Sacudió la cabeza con suavidad y retrocedió un paso. Matthias alargó el brazo para sujetarla y evitar que chocara con el caballete. El roce de su mano fue como una corriente de alto voltaje que la atravesara y enmudeciera, impidiéndole respirar. ¡Había soñado tanto con aquel roce, lo había ansiado con tal desesperación!

–No –musitó, alejándose de él y dándole la espalda.

Matthias ya no la tocaba, pero sentía el calor de sus dedos en el brazo. Tragó saliva para aliviar la sequedad de su boca.

–Leo se despertará pronto. Puedes esperarlo en el salón –dijo con frialdad.

–He venido a verte a ti.

Frankie cerró los ojos y se preparó para lo que pudiera decirle Matthias. Se había preguntado cuánto tiempo le permitiría permanecer escondida antes de exigirle que retomara una supuesta normalidad. Pero no había esperado que fuera a buscarla él en persona. No estaba preparada para aquel encuentro.

–¿Por qué? –musitó.

Matthias guardó un prolongado silencio, hasta que ella se volvió súbitamente indignada.

–¿Por qué? –preguntó de nuevo, elevando el tono y aferrándose a su enfado, consciente de que sería su mejor arma defensiva.

Matthias abrió la boca para decir algo, pero pareció cambiar de idea.

Se acercó al cuadro y lo observó con el ceño fruncido. Ella se sintió expuesta. No le gustaba mostrar una obra inacabada; le hacía sentirse desnuda.

Intentó verla a través de los ojos de Matthias.

Era temperamental y atmosférica. La mancha que había dejado su arrebato destructivo contribuía a darle una intensidad sombría. La línea roja resultaba impactante.

–Sabes que lo compré, ¿no? –dijo él. Y Frankie

frunció el ceño porque no tenía ni idea de a qué se refería–. El cuadro en el que estabas trabajando cuando nos conocimos –aclaró Matthias.

–¿Tú…? Lo compró un galerista –afirmó ella, mirándolo de soslayo.

– Lo compró para mí –dijo Matthias.

–¿Por-por qué lo compraste?

Matthias sonrió con una mezcla de amargura y abatimiento.

–Porque no conseguía olvidarte, Frankie. Lo compré para retarme. Pretendía poner a prueba mi fuerza y determinación teniendo cerca la maravillosa obra que tú habías hecho, torturándome con tu ausencia.

Frankie no entendía nada. Matthias añadió:

–Me poseíste como una fiebre, y me negué a que me debilitaras.

Frankie se mordió el labio inferior, sintiendo el dolor revolverse en su interior.

–No pretendía debilitarte…

–Lo sé –Matthias respiró profundamente–. Lo sé.

Alzó una mano como si fuera a acariciar la mejilla de Frankie, pero la bajó y retrocedió unos pasos.

–Fuiste a una cafetería con Leo –dijo Matthias súbitamente.

Había una evidente carga de significado en esas palabras que Frankie, confundida una vez más por el cambio de tema, no pudo comprender.

–¿Esta mañana? –preguntó.

–He visto la fotografía en los periódicos –dijo él en tono impersonal.

–Sí –dijo ella–. No me había dado cuenta de que hubiera un fotógrafo.

–Hoy en día cualquiera con un móvil es un paparazzi.

Eso era verdad. Frankie asintió.

–¿Has ido sin escolta? –preguntó él.

La pregunta la tomó desprevenida.

–E-Era... La isla es muy pequeña y la cafetería está al lado. Leo y yo vamos a menudo sin guardas a la playa. No pensé que...

Entonces, Matthias, como si no pudiera contenerse, la sujetó por los brazos con firmeza y la miró fijamente. Ella le sostuvo la mirada con el corazón acelerado.

–¿No pensaste? –preguntó él angustiado. Y la atrajo hacia sí, abrazándola con fuerza. Frankie ni siquiera se planteó resistirse–. ¿Y si os hubiera pasado algo a ti o a Leo? ¿Y si le hubieran secuestrado?

–No me he separado de él –contestó ella temblorosa–. No podía pasarle nada.

–Eso nunca se sabe –dijo él con la voz ahogada–. No puedes correr riesgos, Frankie. Por favor, no lo hagas.

No ha sido arriesgado –prometió ella, conmovida por la angustia de Matthias.

–¿Cómo lo sabes? Actúas con una fe ciega y no puedo vivir con esta preocupación.

Frankie alzó los dedos a la mejilla de Matthias y él suspiró.

–Comprendo por qué te sientes así –dijo ella con dulzura–. Perdiste a tu familia en unas circunstancias terribles y ahora temes que a Leo le suceda algo y no poder salvarlo –Frankie vio un destello en los ojos de Matthias–. Pero no puedes mantenerlo encerrado en una jaula de oro. Quiero que tenga una vida lo más normal posible. Tienes que confiar en que puedo mantenerlo a salvo. Tienes que confiar en mí.

Fue consciente de que daba en el blanco al ver el rostro de Matthias relajarse a medida que hablaba.

–He perdido a todos mis seres queridos –dijo él finalmente–. No puedo perderos ni a ti ni a Leo.

Una estúpida y ciega esperanza, que prefirió desoír, llamó a la puerta del corazón de Frankie.

–Dime por qué –preguntó.

–¿Por qué? –Matthias había vuelto a ocultarse, a ponerse en guardia–. ¿Qué quieres de mí?

Frankie dijo con calma:

–Dime por qué estás furioso.

–Tú eres mi esposa, Leo es mi hijo…

Frankie negó con la cabeza.

–Hace dos meses estabas dispuesto a casarte con otra –le recordó con aplomo–. Si nos pasara algo, podrías casarte y tener más hijos.

–¡Ni hablar! –replicó Matthias.

Y la esperanza creció en el pecho de Frankie.

–¿No eras tan realista? Puedes casarte con quien desees y tener todos los hijos que quieras. ¿Por qué te importamos Leo y yo?

–Él es mi hijo –exclamó Matthias. Y se pasó la mano por el cabello con gesto torturado.

Frankie odió tener que presionarlo, pero sabía que era lo que tenía que hacer.

–Sí, y no puedes soportar la idea de que le pase algo, ¿verdad?

–¡Claro que no! –rugió Matthias–. ¡No puedo perder a más gente a la que…!

–Dilo –exigió Frankie, cruzándose de brazos.

–No puedo perder a más gente –concluyó él, separándose de ella para convertir la distancia en una muralla.

Pero Frankie no se arredró.

–Jamás te habría tomado por un cobarde, Matthias.

–¿Cómo te atreves a llamarme cobarde?

–Me atrevo porque cuando me casé contigo me enfrenté a cada uno de mis miedos. Me casé con un hombre al que amaba con todo mi corazón, que afirmaba que jamás me amaría. Me casé contigo sabiendo que eso me abocaba a una vida de soledad. ¿Y tú no estás siguiera dispuesto a admitir que quieres a nuestro hijo?

Matthias la miró con ojos centelleantes.

–Le quiero, ¿vale? Le quiero tanto que me aterroriza pensar en cómo sobreviviría si le pasara algo. Le miro y veo a mi hermano tal y como lo vi en el accidente. No pude salvarlos, Frankie. Toda mi familia murió y yo no pude hacer nada. ¿Y si le pasara algo a Leo? –se pasó la mano por los ojos y luego miró a Frankie, parpadeando–. ¿Y si te pasara algo a ti?

A Frankie se le rompía el corazón viéndolo así. Le puso una mano en el hombro, pero él permaneció rígido y continuó:

–No puedo mentirte. La noche que te conocí decidí que no te amaría, Frankie. Y he mantenido esa decisión incluso a pesar de que cada célula de mi cuerpo anhela decir lo que tú tanto quieres oír. Incluso a pesar de que probablemente me enamoré de ti en el mismo momento en que te vi.

Frankie inspiró temblorosa. Matthias continuó:

–Pero elegí no dejarme llevar, no permitir que mis sentimientos controlaran mis actos.

Tenía delante a todo un rey y, sin embargo, Frankie solo veía al chico de quince años que había vivido una tragedia. Sacudiendo la cabeza, se puso de puntillas y rozó con sus labios los de él. Matthias permaneció inmóvil.

–No puedo –dijo, pero tomó a Frankie por la nuca y apoyó su frente en la de ella.

–No puedes pasarte la vida encerrado –se limitó a decir ella–. Igual que yo no puedo vivir toda mi vida temiendo ser rechazada. Ninguno de los dos debemos permitir que el pasado nos defina, Matt.

–Cuando mi familia murió quise huir. Habría querido estar muerto, Frankie.

—Pero en lugar de huir, te convertiste en el líder que…

—Lo hice entonces —Matthias le besó la mejilla, y ella giró la cara para atrapar sus labios—. Pero, si os perdiera a ti o a Leo, dudo que pudiera volver a hacerlo.

Frankie sintió que su corazón se recomponía y supo que tenía que ser fuerte, por ella, pero sobre todo por Leo y por Matt.

—No puedo prometer que nunca nos vaya a pasar nada a Leo o a mí. Pero no puedes seguir alejándonos de ti solo por si algún día nos pasa algo malo. No puedes renunciar a nuestra familia porque tienes miedo. Y menos cuando, si eres valiente, cabe la posibilidad de que todos logremos aquello que siempre hemos deseado en la vida…

Matthias negó contra su frente, deslizando una mano hacia su mejilla y la otra hacia su espalda.

—Lo he roto —dijo con voz quejumbrosa.

Frankie lo miró desconcertada. Él aclaró:

—El cuadro. Estaba tan… no sé. Enfadado. No, aterrado. Cuando he visto el artículo, lo he descolgado y lo he tirado al suelo. Y cuando he visto que había destrozado algo tan hermoso he sentido… que había destrozado nuestro matrimonio. Y no puedo soportar la idea de que el miedo me haya hecho distanciarme de ti; ni todo el dolor que te causado.

—Hablas de miedo, pero yo veo a un hombre valiente, que, a pesar de padecer un infierno, ha cumplido con su responsabilidad.

—No me halagues cuando he sido un cobarde al negarme a admitir lo que sentía por ti.

—Hoy has venido —dijo ella con dulzura—. Estás aquí porque me amas, ¿no?

Los ojos de Matthias brillaron como ascuas en su bello rostro.

—Sí —dijo con un suspiro de alivio seguido de una sonrisa—. Sí, te amo.

–Entonces eres valiente –dijo ella–. Y yo te amo a ti.

–¿Cómo es posible? –preguntó él asombrado.

–Porque eres bueno y porque creo en los cuentos de hadas –Frankie le besó la nariz y él cerró los ojos–. Porque soy optimista y porque mi corazón es tuyo.

–Tu corazón es un inconsciente si ama a un hombre que no te merece.

–Te subestimas.

–No, pero voy a pasar el resto de mi vida esforzándome para merecerte.

Inesperadamente, Matthias tomó en brazos a Frankie y la acunó contra su pecho, arrancándole una carcajada.

–¿Qué estás haciendo?

–Este mes ha sido una agonía, Frankie. He anhelado hablar contigo, mostrarte nuestro reino, y he echado de menos a Leo con locura. A ti te he echado de menos de todas las maneras posibles y ahora mismo quiero hacerte el amor como te mereces, estrechándote contra mí y susurrándote que te quiero. Quiero que este sea el primer día de tu cuento de hadas, Frankie.

–Pensaba que no creías en los cuentos de hadas –bromeó ella.

–Y así era. Hasta que te conocí a ti y me encontré viviendo uno.

Entonces Matthias besó a Frankie con una pasión que reanimó su alma.

–Me has dado todo lo que quería; una esposa, un hijo, una familia, un futuro. Y casi te pierdo por no ser capaz de admitirlo. He sido un completo *vlakás*.

Frankie no tenía ni idea de qué significaba esa palabra, pero dijo:

–Sí, pero te perdono.

–El día que me dijiste que mi infancia no podía haber sido tan fría como la que quería imponerle a Leo, tenías razón –dijo él con voz ronca–. Mi madre nos adoraba a Spiro y a mí. Ella habría luchado como tú por proteger a sus hijos.

A Frankie se le encogió el corazón pensando en aquella mujer.

–Me gustaría saber más de ella –dijo, posando una mano en el pecho de Matthias–. Y de tu familia.

Percibió la lucha interior que libraba Matthias, pero, finalmente, él asintió y dijo:

–Me encantará hacerlo… en algún momento.

Para Frankie, eso era más que suficiente. Le besó en la mejilla y declaró:

–Tenemos todo el tiempo del mundo, Matthias. No me voy a ir a ninguna parte.

Epílogo

NUEVE meses más tarde, nació Emilia Vasilliás, la preciosa hermanita del príncipe Leo.

Matthias permaneció al lado de su esposa desde que habían descubierto que estaba embarazada, una semana después de volver al palacio, hasta el parto. Tal y como le había prometido, en el despacho era rey, pero también hombre, marido y padre. Y mientras la acompañaba en el alumbramiento de su precioso bebé, sobre todo era un manojo de nervios.

Padeció con el dolor de Frankie; le habría gustado poder sustituirla, sufrirlo por ella, para evitarle esa agonía. Pero Frankie era fuerte y valiente, y tras varias horas de parto, se oyó el llanto del bebé y vieron por primera vez el rostro de su hija.

—Es tan preciosa como tú —dijo Matthias emocionado, al tiempo que le ponía a la niña sobre el regazo.

Agotada, pero exultante, Frankie miró a la niña con ternura.

—Es igualita que Leo cuando nació —musitó—. La misma nariz y mira, tu hoyuelo —añadió, mirando a Matthias.

Y su corazón se expandió al ver a su poderoso rey con los ojos humedecidos.

—Es divina —declaró él con la voz teñida de emoción—. Una digna princesa para nuestro pueblo.

—Una hermana para Leo —dijo Frankie, acariciando la frente de Emilia—. Es perfecta.

–Tú eres perfecta –manifestó Matthias, besándole la mejilla–. Una perfecta reina guerrera.

Su matrimonio se vio bendecido con tres hijos más y cada nacimiento fue celebrado por la nación, igual que festejaron el día en el que Leo, un hombre de veintiocho años, anunció su compromiso con una médica australiana.

Sus padres estuvieron a su lado el día de su boda y para cuando dieron la bienvenida a su primer nieto, la vida de Matthias era tan rica y plena, su familia tan amplia, que le espantaba pensar que había estado a punto de dar la espalda a todo ello.

No había olvidado el instinto que le había empujado a alejar a Frankie de sí, a encerrarse en sí mismo por temor a la pérdida.

Pero la valiente reina Frankie había intuido lo que pasaba y había luchado por ellos, a pesar de sus propios miedos e inseguridades. Y ya solo por eso, la habría amado por encima de todas las cosas.

Los cuentos de hadas terminaban normalmente con la idea de que la gente era feliz hasta la eternidad, pero Matthias ya no creía en los finales, sino en el día a día, que vivía con gratitud y paz. Porque pasara lo que pasara, había sido bendecido una y otra vez, como si viviera a diario un cuento de hadas.

Bianca

**Ella tenía un secreto…
y cada vez resultaba más difícil ocultarlo**

SILENCIOS DEL PASADO

Melanie Milburne

N° 2765

Isla McBain tuvo una aventura con Rafe Angeliri que iba a ser solo temporal, una oportunidad para explorar la apasionada conexión que había entre ellos. Pero esa aventura tuvo como resultado que ella quedó embarazada del famoso hostelero. Si ese embarazo se supiera, la noticia llegaría a los titulares e Isla no podía arriesgarse a que nadie rebuscara en su doloroso pasado y arruinara la impecable reputación de Rafe.

Cuando él se enteró del embarazo de Isla, decidió llevársela a Sicilia con la intención de casarse con ella. Más allá del deseo, la idea resultaba tentadora, pero ¿se atrevería Isla a convertirse en la señora Angeliri?

Acepte 2 de nuestras mejores novelas de amor GRATIS

¡Y reciba un regalo sorpresa!

Oferta especial de tiempo limitado

Rellene el cupón y envíelo a

Harlequin Reader Service®
3010 Walden Ave.
P.O. Box 1867
Buffalo, N.Y. 14240-1867

¡Sí! Por favor, envíenme 2 novelas de amor de Harlequin (1 Bianca® y 1 Deseo®) gratis, más el regalo sorpresa. Luego remítanme 4 novelas nuevas todos los meses, las cuales recibiré mucho antes de que aparezcan en librerías, y factúrenme al bajo precio de $3,24 cada una, más $0,25 por envío e impuesto de ventas, si corresponde*. Este es el precio total, y es un ahorro de casi el 20% sobre el precio de portada. !Una oferta excelente! Entiendo que el hecho de aceptar estos libros y el regalo no me obliga en forma alguna a la compra de libros adicionales. Y también que puedo devolver cualquier envío y cancelar en cualquier momento. Aún si decido no comprar ningún otro libro de Harlequin, los 2 libros gratis y el regalo sorpresa son míos para siempre.

416 LBN DU7N

Nombre y apellido	(Por favor, letra de molde)
Dirección	Apartamento No.
Ciudad	Estado Zona postal

Esta oferta se limita a un pedido por hogar y no está disponible para los subscriptores actuales de Deseo® y Bianca®.
*Los términos y precios quedan sujetos a cambios sin aviso previo.
Impuestos de ventas aplican en N.Y.

SPN-03   ©2003 Harlequin Enterprises Limited

DESEO

El honor de la familia pedía venganza.
Él ansiaba mucho más…

Una noche para
amarte

KATHERINE
GARBERA

N° 175

Al campeón de Fórmula Uno Íñigo Velasquez le gustaban los coches veloces y las mujeres rápidas. Sin embargo, una noche con la conocida Marielle Bisset le hizo pisar el freno. Era preciosa, y también la mujer que había hecho sufrir a su hermana. Para la familia de Íñigo, Marielle era su peor enemigo. En su cama, aquella enigmática seductora era mucho más. Estaba acostumbrado a ganar, pero ¿podría triunfar con Marielle sin perder a su familia?

Bianca

**El apasionado beso de un desconocido
despertó una pasión que no podía rechazar**

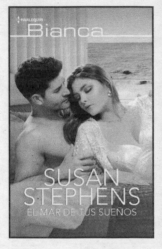

EL MAR DE TUS SUEÑOS

Susan Stephens

N° 2762

Abandonada en el paraíso, la despreciada novia Kimmie Lancaster tomó la decisión de disfrutar de su luna de miel a toda costa. Pero no sabía que la playa en la que acababa de entrar con sus amigos pertenecía al multimillonario Kristof Kaimos. El magnético carisma de Kristof la animó a hacerle todo tipo de confesiones, avivando un deseo que no había sentido en toda su vida. Y, cuando quiso darse cuenta de lo que pasaba, se descubrió dispuesta a pasar su fracasada noche de bodas con el irresistible griego.